新世紀
少兒文學家

新世紀
少兒文學家

新世紀
少兒文學家

新世紀
少兒文學家

新世紀少兒文學家04

我家有個燕子窩

陳瑞璧精選集

林文寶 主編

陳瑞璧 著

Kai 圖

編選前言

國立台東大學榮譽教授　林文寶

「少年小說」是少年、兒童閱讀領域中甚為重要的一種體裁，具有「跨越性」的功能——從童書導向成人閱讀的跨越。在台灣，少年小說擁有廣大的閱讀群眾。無論是歸屬於台灣本土創作與得獎作品，還是大量翻譯國外優良的作品。廣度上在於出版的「數量」；深度上在於作品的「品質」，均有相當高層次的水準，這是令人欣喜的現象。

然而，地球村潮流與文化殖民影響，相對的，無形中也造成「文化霸權」的入侵。深具台灣人文關懷與本土自然風情的優秀創作，往往因此緣故，可能出版未久，便覆沒在廣大的書海裡。

於是，為了免於有遺珠之憾，各項評選、推薦的活動順勢而起。一方面期望在茫茫書海中為讀者再次尋找優良的作品，這樣的歷程，可謂是在精華中萃取精華；另一方面也是為在地語言、本土文化、歷史傳承與深具台灣本土意識的佳作，提供再一次聚光的舞台。

所以，關心兒童文學出版，有其必要性的適時觀察、檢視，以期了解全面性的發展過程。綜觀兒童文學無論是常態性的出版運行，還是隱藏性的書寫變化，都是在呈現一時一地文學之菁萃，使其蓬華生輝。

筆者長期蒐羅兒童文學作家作品，輯注出版書目，曾於一九八七年及一九九八年兩度策劃兒童文學各文類階段性編選工作，並編纂二〇〇〇至二〇〇九年兒童文學年度精華選集。

就兒童文學小說一類之演進，在關注發展與多方蒐集資料，題材自寫實鄉土至奇幻異境；從孤兒自勵到頑童冒險，可見取材視野之開闊，風格也趨向多元多變。

在見證作品豐富多變之時，身為讀者固然「開卷有益」是一種幸福，然而作為評選者往往就得慎重面臨思索、分析與取捨作品，來滿足讀者及研究者。慶幸在不同時期，我們擁有願意支持這份志業的出版家，以及願意擔負這份重責的編選者，所以完成多部眾聲喧嘩、質量可觀的兒童文學小說選集，持續為茁長兒童文學的枝幹，增添新葉。

九歌出版社自一九八三年設立「九歌兒童書房」（後更名為「九歌少兒書房」）書系，其文教基金會繼於一九九三年起舉辦「九歌現代兒童文學獎」（後更名為「九歌現代少兒文學獎」），不論是獎勵作家創作或是出版優秀作品，每件事都為台灣少年小說的開展樹立典範。為服務廣大兒童文學小說愛好者，特地規劃「新世紀少兒文學家」書系，以個別作家的整體作品為範疇，精選適合少年兒童閱讀的作品編輯成冊，這樣的兒童文學作家作品編選方式是前所未有的。

在台灣兒童文學創作領域以少年小說為創作主力者，在各時期都有名家傑作產生。有些職志未改，始終關注青春少年議題，為其發聲，儘管時空轉換，仍是筆耕不輟；有些志趣轉向，然而對少年兒童的精準描繪與豐富想像仍舊可觀。

這些作家對台灣少年兒童所處的家庭、學校、社會構築的生活有其獨到的論述，成就獨樹一幟的敘事，不僅體現在地作家的人文關懷，更形成反映本土現實的珍貴資產。

本書系為本土少兒文學名家作品選集，主要提供國小高年級及國中以上學子閱讀之優秀作品，所選名作都與少年讀者生活息息相關。文章以精短為主，可讀性與適讀性兼具，以期少年讀者能獨立閱讀。

走過千禧年，在第一個十年之時，希望本書系之出版能為本土少兒作家的文學成就獻上禮讚，亦為台灣少年讀者的閱讀視野再闢風光，謹以為誌。

推薦陳瑞璧

深入刻畫少兒心理

陳瑞璧從八〇年代中期開始在兒童文學園地耕耘，嘗試多元，跨寫故事、散文、童話、童詩、兒歌和少年小說等文類，迭有佳作。長年安居台灣中部，刻畫故里人情，描繪鄉土風物，細筆勾勒島國特有的質樸，成為根植其作品最引人入勝的魅力。

〈牽牛花〉是陳瑞璧在少年小說領域初試啼聲之作，以台灣西海岸偏鄉為寫作背景，讚揚斯土斯民吃苦耐勞、堅韌如牛的生命力，頗能勵志。陳瑞璧以經營家庭的主婦身分操觚執筆，對於現今少年、兒童在家庭關係的轉變中如何善處的議題也多著墨，例如感念父母生養劬勞的〈善緣〉、體恤單親持家辛苦的〈親愛的奶娃〉、領會親族血脈相連的〈SPP〉，都帶領少年讀者深刻閱讀故事中少兒主角的心理轉折。

陳瑞璧相信少年讀者本能自我啟迪、自然成長，讀者很容易發現作者對於故事中少兒主角的智慧與力量特別看重，例如千方百計對父親酗酒問題宣戰的〈生日禮物〉、殫精竭力央求父親切勿驅離家燕的〈我家有個燕子窩〉、施謀用智每天引領身心障礙兄長返家的〈二哥，我們回家〉，都明顯表達作者彰顯兒童機智的用意。

透過本書所選錄的作品，足堪證明陳瑞璧搦管筆耕，辛勤如牛，開墾一畦田地，果然結實纍纍；不但為台灣少年小說鄉土寫實塑立豐碑，更為少年台灣留下一幅幅引人長久緬想、溫淳情摯的庶民風光。

林文寶

與小讀者談心

閱讀與快樂童年

很高興，這本書有緣與你相見。閱讀真的是一件很快樂的事情。我剛上小學，我爸爸就開始幫我買故事書。我們家住在一個很偏遠的地區，老爸幫我買書，必須走很遠的路去搭客運車，換幾次車到城裡才能買到。那年代，兒童讀物不多，爸買回來的每一本書都很珍貴，我都會一一的把它們讀到滾瓜爛熟。

我的小學生活，讀大自然的時間比讀書多，從來不知道什麼叫做課業壓力。小學畢業，考上一所還不錯的初中，但是，我爸硬要我去讀一種叫做「家事職業學校」，我很不喜歡，但是，我爸爸很堅持，我只好去讀。每天一大早起床，騎半小時腳踏車——等車——坐客運車——換車——等車——坐客運車——下車——再走半小時的路——兩個多小時之後，學校終於到了；放學後也是這樣辛苦跋涉才回到家。那年代，我們住的地方很純樸，不必擔心「壞人」這東西，就是黑暗中的小路氣氛很恐怖。尤其冬天晝短夜長的日子，騎腳踏車的沿途，四周黑漆漆的，路的一邊是樹木蓊鬱的沙崙，另一邊是茂盛的甘蔗園。我背著書包騎著腳踏車，在鬼影幢幢的黑暗中逆風前進。如果是颱大風、下大雨的日子，這段崎嶇不平的泥土路，就更難行了，一次又一次的，不是被風吹倒就是滑倒，才掙扎著爬起來，走沒幾步又再摔一次。有時候根本就是連環摔。每次天氣不好，我都要很拚命才回得了家。

當然，我父親有說要去車站接我，但是，我怎麼可以讓老爸來陪我摔？對不對？第一年沒被打敗，第二年我就調適過來了。我可以在黑暗中悠閒的舉頭望明月，雙腳踩踏板，偶爾拉開嗓門唱唱歌；我可以和風嬉戲和雨玩耍，或者和著風和著雨，怪叫亂叫，苦中作樂一番。有一個颱風的下午，我腳踏車壞掉，一位國小時代的男同學看到了，幫我牽腳踏車去腳踏車店，然後用他的腳踏車載我回家。逆風騎車很吃力，到爬坡段路的時候，我說我下車好了，他說不必！他很賣力的踩踏板，真的就載著我爬上那斜坡了。我很激動的誇獎他：「你好厲害喔！」他很瀟灑的笑著對我說：「哪裡，這都是妳的力量。」我很大聲的問他：「你這句話是在哪本書上讀到的？」

我沒有很認真於功課上。在上不喜歡的課時，有一陣子我都會偷偷的溜出教室，跑到圖書室看書。大概是因為我考試大都能夠考進前三名，榮登紅榜，書法、作文等比賽，也都有很不錯的成績的關係吧？對於我上課時間在圖書館看書的事，老師主任校長等等看到了，都不會吵我；上課中的老師和同學也不會找我，因為大家都知道，下課鐘響我就會回去了。後來，我不好意思再做這種事了，規規矩矩的借書，帶回教室——下課以外的時間看。初二那年，有一個報紙在徵文，題目叫「孩子們的心聲」。我奮筆疾書，寫了一些隱藏在心裡很久的，對我爸的意見。作品順利刊出之後，老師同學紛紛傳閱，誇讚我文筆很好。可是，稿費及作品寄到我家時，我爸很生氣，他不但沒收了稿費，還把我罵得很慘。

千辛萬苦的讀完六年課程，我的收穫是練就一雙很健的腿，「一顆」

很大的膽，一種很樂觀的個性，以及充分滿足了閱讀的慾望。我沒上大學就開始服務社會人群。

我在鄉下上班，也去台北市工作，八九年後回歸自然，跟一位自然中人結婚，生一群很性格的孩子，就是那些孩子，讓我開始提筆寫少兒故事。好書真的是一種很好的營養，那種營養在吸收消化之後就會變成智慧。就是因為有這樣的閱讀因緣，加上那六年的魔鬼鍛練，我這平凡的人生，才能過得如此充實愉悅。

「人與人之間最快樂的事是談心」，很高興有這個機會和你談心。這本書裡的七個故事，都是真人真事。從別人的口中聽到他們的故事，令我十分感動。大部分都很順利做過採訪，在他（她）們不厭其煩的說明，甚至修改之下，故事完成了。很感謝這些可愛的小朋友。也祝福大家閱讀愉快。

陳瑞璧　二〇一〇年五月二十二日

目　錄

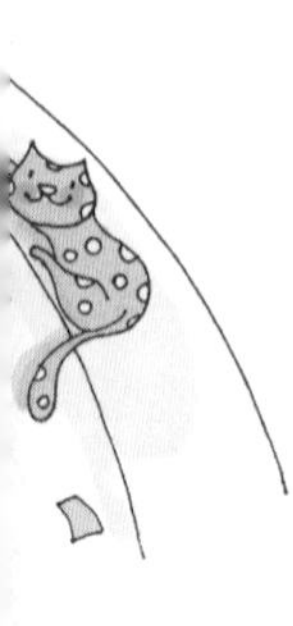

HA
BIRTH
DAY

1.

善緣

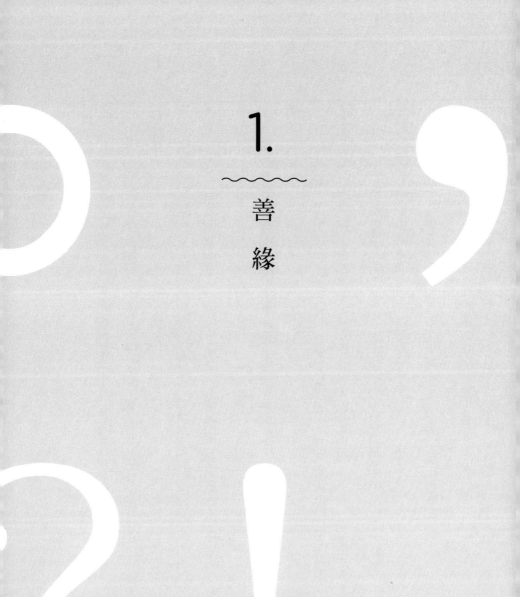

「噗……」

是機車疾馳的聲音，帶著莽撞的音浪，快速衝進許善緣家的院子裡。

在廚房吃早餐的善緣匆匆放下碗筷，飛也似的跑到院子裡。來者是他的同班同學周明翔。小個子周明翔騎在一輛大型機車上，活像小猴子騎大象，既滑稽又叫人心驚膽戰。善緣張開雙臂歡呼，周明翔一點也沒減速的朝善緣迎面衝過來，再來個緊急煞車，善緣也沒閃呢，讓機車前輪剛好停在他的胯下，然後兩個人一起緊拉著雙手放聲大笑，好像完成了一個很好玩的遊戲。

跟在善緣背後出來的媽媽，則被這個「遊戲」嚇出一身冷汗，瞠目結舌的愣在那兒，久久的說不出話來。

「快！」周明翔興奮的放開手對善緣說：「快去拿書包，我載你去兜風，再去學校。」

「……」善緣望一眼愣在一旁的媽媽，對周明翔說：「不好吧？你上次騎機車上學，被老師罵個半死，你都忘了？」

「拜託，今天我們就畢業了，誰來罵我呀？」周明翔說：「要不要給我載，要就上來，不然我去載楊昆明。」

「嗯……」善緣有點心動，卻不敢冒險，看著媽媽笑。

「明翔，你知道你在做什麼嗎？」善緣的媽媽驚魂甫定的對明翔說：「我差一點被你嚇死，你都撞到善緣了耶！」

「我的技術超好的，怎麼會真的撞上？」明翔嘻皮笑臉的說：「表演一下讓你們開開眼界啦！」

「什麼表演？沒駕照加超速，你說該罰多少？」媽媽很不以爲然的說：「而且你才十三歲，跟人家騎什麼機車？」

「又不會按怎，我不騎去鎮上，警察也不會來這裡抓人。」周明翔說完話，不耐煩的掉轉車頭，迅速的往大門外衝出去。

「唉！」媽媽嘆了口氣，壓低聲音對善緣說：「可怕的不是警察會不會來抓人，怕的是一個不小心，被牛頭馬面抓去。」

「媽，妳就是喜歡胡思亂想。」善緣笑咪咪的目送明翔遠去。

「緣，你千萬不要給他載喔，被我知道你讓他載，我就打斷你的腿。」

「噢！」善緣下意識的摸摸他的腿，頑皮的一瘸一瘸的跑回廚房繼續他未完的早餐。

●

今天善緣他們學校舉行畢業典禮，校園裡的鳳凰花朱朱紅，透露著一種成熟的美麗；幾捲白雲點綴著蔚藍的天空，微風徐徐。這所全校只有五十八個學生的校園，寧靜安詳，離情淡淡的，瀰漫整個校園。

畢業生只有十二位，每一位畢業生都有一個以上的家人來參加畢業典禮。善緣的爸爸也來了，他特地向服務的公司請了一天假。媽媽也想來，但她是葡萄

農，夏天是葡萄盛產的季節，她忙著剪葡萄、賣葡萄，實在抽不出時間。

畢業典禮結束後，和往年一樣，來賓、家長和全校師生一起聚餐。十幾張大圓桌擺在校園裡的大榕樹下，鋪著大紅桌巾，桌上豐盛的菜餚，飄散著陣陣香氣；校長、老師、家長和全校學生一起快快樂樂的吃吃喝喝、說說笑笑，無拘無束，彷彿一個大家庭，這個筵席一直到午後三點多，大家才意猶未盡的散去。

善緣帶爸爸到教室，幫他把所有的獎品和禮物，搬到車上。

「緣，你不錯喔，獎品、禮物這麼多：這是相簿、這是字典吧？筆、資料夾，這是什麼東東？還有這些是什麼？」爸爸喜孜孜的把那些大包小包的東西擱到他那輛小發財車的後車斗上。

「呵呵！」善緣眨著明亮的大眼睛，十分得意的說：「除了校長獎、全勤獎和服務熱心獎之外，你知道我們是迷你小學嘛，全校畢業班最多人也才十二個，人家送的禮物很多，獎不完的我們就瓜分掉，以前姊姊和哥哥他們不也一樣？我是同學送的禮物比較多，人緣好啊！所以就這樣一拖拉庫了！」

「你們同學怎麼那麼會花錢，買這麼好的禮物？你有沒有送他們東西？」

「我送每個人一個這個。」善緣說著，刻意的朝爸爸微微的笑了笑，比了一個微笑的手勢，表示那就是他送給同學的禮物。

「唉唷，那算什麼禮物！禮尚往來，你怎麼那麼吝嗇，你又不是沒有錢。」爸爸笑嘻嘻的說著坐上駕駛座，發動引擎，等善緣坐好繫好安全帶，便緩緩駛離學校停車場，出了校門，往回家的路上加速。

「爸！停車！停車！」車子經過離校門不遠處的那棵大榕樹，善緣看到樹下有一個很面熟的婦人，正站在路邊，很用心的注視著騎腳踏車回家的小朋友。

「做什麼？」爸爸把車速減慢了下來。

「倒車、倒車。」善緣有點急的說：「把車倒回那棵榕樹那邊。」

「倒去那邊做什麼？」爸停下車來問。

「樹下有一個人，好像是那位阿姨。」善緣說：「會不會是那位阿姨又要來給我呼口號，去給她呼一下啦！」

「什麼阿姨給你呼口號？」爸爸說：「我怎麼都聽不懂？」

「你不用聽懂沒關係啦！她只是呼一下口號而已。」

「什麼樣的阿姨？呼什麼口號？」

「就那個……我們去看看不就知道了。」善緣看爸爸遲疑著不倒車，就再解釋了一下：「就是有一位阿姨，大約二十幾或三十歲左右吧，中等身材、瘦瘦的，眼睛大大滿漂亮的，但是老是皺著眉頭，看起來很不快樂，一定是個苦命的女人，或許精神方面也有點問題，她偶爾會來給我呼一下口號……我不知道她有沒有去別的地方呼啦，但她給我呼六年了耶。」

爸爸很專注的聽善緣的描述，那神情好像什麼記憶正在被喚醒、什麼憂慮中的事情正要發生似的，表情有點詭異。

「二十幾三十歲左右的婦人，會不會是她？」爸爸自言自語的說。

「她是誰？你認識噢？」

「不認識。」爸爸警覺的搖搖頭說：「我是在想，她會來向你呼口號一定有原因。而且還呼了六年？不尋常。」

「我也這樣想過，但事實證明她並沒有什麼企圖。」善緣說：「從一年級到現在，她都只是呼口號，並不刻意跟我說話。」

「你還真會保密耶，有這樣的事情也沒跟家人說。」爸爸有點生氣的說：「被人家拐去賣了怎麼辦？」

「想太多了！我根本不覺得那有什麼好說的呀！」善緣說：「一直以為她是因為我可愛、古錐、緣投，被我迷到了，喜歡逗我玩而已，也懷疑過她是不是神經病啦。」

「你先簡單的把她的情形說一下，我們再決定要不要去見她。」爸爸說：「如果是神精病，我們就不用去看她了，她沒找到你就會回去了。」

善緣有點想趕快去見那位阿姨，打心裡想見見她。他就很快的把有關阿姨的事情說了一遍：

一年級上學期，有一天，我和哥哥騎著腳踏車要回家，我騎在哥哥後頭，到那棵大榕樹前面不遠的地方，我發現那樹下停著一輛機車，機車旁邊站著一位阿姨，那位阿姨一直看我；我經過她身邊，她笑著跟我說：「善緣加油喔！善緣好可愛喔！」我往前騎一段路，再回頭看她的時候，她還在看我，阿姨看我轉過頭去，就很熱烈的微笑著用力的揮手。我頑皮的對著她做鬼臉裝可愛，卻一個不小心的跌了一跤，從小腳踏車上摔了下來。

「唉唷！」我大叫一聲，騎在我前面的哥哥，和站在我後頭的阿姨，同時跑到我身邊。

「你有沒有怎樣？」阿姨很焦急的問：「哪裡跌疼了沒？」

小腳踏車那麼矮，我根本沒怎樣，一點點小擦傷。

我跨上腳踏車繼續往前騎，阿姨像媽媽那樣，一直提醒我：「要小心喔，一定要小心喔！」

「她是誰？」哥哥問我：「她把你撞倒的嗎？」

「不是啦！她是過路人吧？我也不認識她。」

大約兩三個月後，我都忘記那件事了，卻再次發現那位阿姨和機車在榕樹下，阿姨用和前一次一樣的神情，一直看我，我對她微微的笑一笑。經過她身邊時，阿姨笑著對我說：「許善緣加油！一定要小心，一定要平安喔！」

一年級、二年級、三年級過去了，四年級、五年級、六年級過去了。這幾年來，那位阿姨都是每隔一段時間——一學期大概一或二次吧，就會出現一次，在同樣的地方，默默的看著我走過來、走過去，我經過她身邊的時候，她就會用只有我聽得到的聲音對我呼一下那口號：「許善緣加油！加油！」

六年來，阿姨並沒有更進一步的動作，就這樣看看我，呼呼口號，如此而已，除了一年級跌倒那一次，我都沒有跟她說過話。漸漸的，我覺得阿姨好像是很熟的朋友了，心裡也開始有一些疑惑：她是誰？為什麼常常這樣看我？有時候認為她是神精病，卻又不大像，我也沒有很在意這件事。就這樣。

吧。」

「嗯，」爸爸很仔細的聽，沉思了好一會兒才說：「我們一起去見她

爸爸慢慢的把車倒回那棵枝葉濃密的大榕樹下。

「是那位阿姨沒錯。」善緣有點雀躍的對爸爸說。

爸爸把車子停在老榕樹前面一點的地方。善緣打開車門，跳下車。

「請問妳在找我嗎？」善緣跑過去，很恭敬的問她。

「善緣！我是在找你沒錯，等好幾個小時了，竟然沒看到你過去！」阿姨顯得激動，她微微笑著說：「恭喜你畢業。」

「謝謝阿姨！」

中等身材，瘦而結實，大眼睛的善緣長得滿漂亮。他穿著媽媽昨夜刻意燙過的潔白如新的上衣、藍短褲，戴在胸前的那朵畢業生戴的紅花，和寫著「畢業生」的紅色標誌都還沒取下。他帥氣十足的站在阿姨的面前。

阿姨端詳著善緣好一會兒才回過神來，她把一個百貨公司的袋子遞給善緣，對他說：「這是我要送你的畢業禮物——一套衣服。」

「不要啦！我有好多禮物了。」善緣說：「怎麼可以讓妳花錢。」

「不要客氣。」阿姨說：「你就要上國中了，給你一個祝福而已。」

善緣愣在那邊，也沒有伸手接東西，眼神望向父親，像是在徵求他的同意。畢竟阿姨只是個陌生人。

爸爸走過來了。稍微有點胖的圓臉上，有淡淡的笑靨，和一些嚴肅。

「這位是我爸爸，爸爸去參加我的畢業典禮，我們剛剛經過這裡，妳一直在注意騎腳踏車的同學，所以沒看到我，幸好我有看到妳。」善緣興高采烈的給他們介紹：「爸，她就是我說的那位阿姨。」

「妳好。」爸爸說：「這樹下很涼。」

他們就站在那兒，聊了起來。爸爸也讓善緣接受了阿姨的禮物。

●

樹蔭下很涼，馬路則熱得快出油了。這裡是僻靜的農村，馬路上來往的車輛不多，四周的田野綠意盎然，大都是葡萄園和水稻田。

「阿姨，妳爲什麼時常來給我喊加油？」善緣說：「我畢業了，以後……」

「以後……以後……」阿姨看了爸爸一眼，有點靦腆的說：「我會來爲你加油，只是想看看你，沒有別的意思。因爲……阿姨以前曾經生過一個孩子，現在差不多你這樣大，看到你我會很像看到他。」

「妳的孩子呢？」善緣問。

「被我……被我拋棄了。」阿姨愧疚的說。

「妳以爲善緣是妳的孩子嗎？」爸爸小心翼翼的問。

「不不不！善緣當然不是我的孩子，他是你的孩子啊。」阿姨慌張的說：「只是看到他我會很高興。借我看看就是了，也是一種善緣吧。」

「你還有其他的孩子嗎？」爸爸問。

「我還有一個兒子，小一，讀我們那個村子的學校；一個女兒上幼稚園中班。」阿姨說：「我不是這村子裡的人，我住的地方離這裡二三十里路。」

「嗯，」爸爸說：「妳一直在尋找妳的孩子嗎？」

「我……我知道他在哪裡，就不用找了。」

「他過得好不好？」

「過得很好，過得很好，」阿姨回答爸爸：「他的父母很疼他。我很感恩很感恩！」

「妳想要回他嗎？」

「不！不！我不敢要也不能要。」

「爲什麼？」

「我……我嫁人了——不是嫁給孩子的父親。」阿姨縮著頭，囁嚅的說：「而且，人家養他這麼多年，也花了不少心血，我怎麼可以想要回去呢？」

「噢，」爸爸想了想說：「那孩子的父親呢？」

「沒聯絡了。」阿姨黯然的說：「他大概早就忘了這回事了。」

「……」爸爸沉默了。他眺望著遠方，不知道在想什麼。

「阿姨，妳看起來還很年輕，怎麼會有跟我一樣大的孩子？」善緣說：

「妳幾歲生那個孩子的？」

「我……我生那個孩子是唸國中三年級那年……」

「啊？！……」善緣真驚訝，心裡想著：「讀國中就生小孩呀？」

「讀國中時，有一個高職的學生追我，我也很喜歡他，就跟他談戀愛，我跟他來往沒多久，就懷孕了。我第一次懷孕是國中二年級。」

「第一次懷的就是被你拋棄的那個小孩嗎？」爸爸問。

「不是。」阿姨有些羞赧的說：「一聽到我懷孕，他就叫我去墮胎，我也只好去墮胎；墮了一個又一個。到了第三個他已經高職畢業了，考不上大學，就在他父親的公司上班，我也已經國中快畢業了，我跟他說我想留下孩子，希望他娶我。他卻一直迴避我。最後他跟我說：『才幾歲就想結婚？妳怎麼一點羞恥心都沒有？』我心就死了，夢也醒了。」

「……」善緣皺著眉頭望著阿姨，不知道要說什麼。

「我沒有父親，幸好跟我相依爲命的媽媽肯原諒我，幫助我，讓我順利的在家裡生了一個很可愛的男孩子。但是我和我媽媽都不知道要怎麼處理那個孩子。我媽就硬著頭皮，打電話去給我那個男朋友的父親，希望由他們來認養孩子。可是，他們不但沒有要認養我的孩子，他父親還把我媽媽訓了一頓，指責她沒有好好管教女兒，還說我是個隨便的女孩，他們怎麼可能要？說我所生的孩子是野孩子，連要他們認養的想法都不應該有。」

「……」善緣緊靠著爸爸，他覺得眼前的阿姨真的是大笨蛋、壞女孩，又覺得她很可憐，心裡覺得有幾分不齒她，卻又有點同情她。

「我很後悔自己怎麼那麼糊塗，為了追求不實的夢幻，賠上一生的幸福，可是一切都太遲了。」

現場一片靜默，太陽也拉著幾片雲朵遮住了臉，這真是個尷尬的場面。阿姨低垂著頭，像是在哀悼或默禱著什麼。

過了好一會兒，爸爸問阿姨：「妳怎樣處理妳的孩子。」

「我和媽媽想了很多方法處理孩子，比如：把他悶死埋掉、把他丟在荒野、把他丟在人家門口等等。但我們都不忍心，下不了手。日子一天天過去，我們很焦急。」阿姨流著淚說：「有一天，我阿姨來看我，說她的一個鄰居，最近生下的第四胎，是一個男孩子，可是出生七天就死去了。阿姨提議，把我的嬰兒讓她抱去給她的鄰居養，阿姨說她那鄰居一家人心腸都很好，會疼人家小孩。我們商量好，就由我阿姨抱著我的孩子，趁天還沒亮之前，附上孩子的生辰八字，偷偷的把他放在那個鄰居家走廊的椅子上。」

「妳怎麼知道人家有沒有領養你的孩子？」善緣說。

「我阿姨住在他們家附近，他們倆家互有來往。」阿姨說：「但我阿姨事先有跟我聲明，孩子送給人家之後，我必須忘了那孩子，不准找也不准問。」

「當年，我沒有多少不捨之情，只希望趕緊把他送出去；送走之後，我也的確遵守跟阿姨的約定，不找不問，好像忘掉那個孩子了。我二十歲嫁人，懷孕生孩子之後，卻不由自主的時常在心裡追尋那個孩子的記憶，愈叫自己不要想愈愛想，飽受折磨之後，我體會到，要真的忘掉自己的骨肉是不可能的，所謂母子連心，思念之情如影隨形，根本就是揮之不去，在極端的痛苦之下，我決定瞞著阿姨，偷偷的去看他。」

「那個孩子是你不快樂的原因嗎？」爸爸問。

「不是。因爲能夠看到那個孩子，知道他過得很好，我的不快樂就跟那個孩子無關了。」阿姨說：「我的不快樂是因爲內心有陰影。結婚後懷第一個小孩的時候，有一天，我在家裡看電視，看一個醫學常識方面的片子，影片裡有一幕播放的是一個墮胎的過程，那個胎兒三個月大了。因爲我國中時曾經墮胎兩次，那兩個胎兒也差不多兩三個月大，所以我看那個影片時心如刀割，我一直沒想到墮胎是那麼悲慘的事。」

「一個年輕的女孩躺在生產檯上，醫生把剪子伸進去女孩的子宮裡面，尖銳的剪子接近胎兒的時候，從畫面上很清楚的看到那胎兒會躲，剪子伸到身邊，他就往另一邊躲，剪子再伸過去，他又往另一邊躲；那脆弱的生命，在那狹小的空間裡，拚命的求得一線生機，他一直躲一直躲，我看到了胎兒的驚慌、無助，我聽到他在喊：『媽咪救我！媽咪不要！媽咪痛痛！』……」

阿姨說到這裡，雙手摀著臉哭了，哭得很傷心。她一邊哭一邊說：「媽媽的子宮應該是孩子最安全的所在，我的孩子卻在那個地方被剪成碎片，而且是我拿著錢請人家做的。我一直不能原諒自己，每當我一想到我的那兩個孩子被殺時是如何的恐懼與疼痛，我就幾乎要抓狂。嗚……」

「墮胎真的很不應該，殺生咧，殺的還是自己的骨肉，怎麼忍心？」爸爸說：「但都是過去的事了，妳不要再難過，再多的後悔也於事無補。」

「可是，那段往事死死的糾纏著我不放，那些孩子都會在無意間闖進我的腦海，像是報復那樣的讓我痛苦。」阿姨哭著說：「我開始相信嬰靈的存在，時常爲他們超渡，想彌補我的過錯。」

「把心思多用在目前的生活上吧！」爸爸說：「妳要試著讓往事隨風而去。」

「我的家已經好不起來了，」阿姨哭著說：「因爲我在做惡夢時透露我曾經墮胎、生小孩子的事，我先生問了我以前的事之後，就不再愛我了，我們家不再和樂了，我再怎麼做也沒有用了。」

「……」善緣緊緊抓住父親的手，大樹下一片寧靜。

噗……一陣機車快速飛飆的聲音，由遠而近。爸爸和善緣不約而同的轉頭張望。

「爸，你看！又是明翔！」善緣說：「他騎那麼快，簡直像在飆車。」

噗……機車遠去又繞回來，刻意衝到善緣他們身邊，又咻！的一聲飆走了。

「爸，明翔在秀給我們看耶！」善緣說：「他一定覺得很刺激。」

噗……又來了，又去了；去了又來了。

爸爸的眉頭皺成一座小山，雙手叉腰的看著周明翔。

噗……又來了。

爸爸揮著手要他停下來。明翔笑咧著嘴，衝著他們做鬼臉，一溜煙的飛走了。

望著遠去的明翔，善緣的視線回到阿姨身上。阿姨低聲啜泣，善緣注視著阿姨的臉，仔細看她的五官，多少的熟悉感浮上心頭，心裡有一種疑惑慢慢的在升起：阿姨剛剛說「她偷偷的看那孩子」、阿姨提到的：「阿姨鄰居的第四胎兒子夭折了……」，這讓他想到在他的成長過程中，好像曾經不止一次的聽到有人這樣說：「善緣跟他們家的人長得很不一樣。」、「聽說善緣是撿來的。」、「善緣是不是跟人家抱錯的？」、「善緣的媽媽有一個孩子夭折。」……。

把這些情節的片段整理一下，善緣覺得阿姨的事情一定跟自己有關係。

「我不正是爸媽的第四個孩子嗎？」善緣想：「我會是阿姨拋棄的那個兒子嗎？要不，她怎麼會來呼口號呢？阿姨看起來不是神經病，卻可以對著我呼口號，而且一呼六年!?」

看來事情真的是跟自己有關：善緣的背脊開始發涼，手腳發麻，他意識到自己會不會就是那個一般人戲稱的「小孩子跟小孩子生的小小孩子」呢！善緣是個棄嬰嗎？

「一定是這樣！」善緣心裡如此確定著，但這叫人如何相信呢？

「對不起，」阿姨哭好了，擦擦臉，對爸爸說：「本來只是想來祝福善緣而已。提到那些往事，我就會無法克制。」

「沒有關係，如果妳講一講心裡會比較舒服，也很好呀！」爸爸很慎重的對阿姨說：「我們……也算有緣啦，妳看，我兒子的名字就叫『善緣』，我們家很和樂，很幸福。從此以後，妳要好好的經營妳的家，努力的把不好的緣轉成善緣。」

阿姨用力的點點頭，對善緣說：「善緣，你有一對慈祥的父母，真幸福，你一定要懂得感恩、報恩喔。」

善緣點點頭，壓抑住內心的激動，他怎麼也想不到這個愛對他呼口號的阿姨，竟然是生他的人；是生他的媽媽，卻又擺明了不能認他。他怎麼也想不到生活在幸福快樂中的自己，會跟這種人間悲劇扯上關係。

阿姨眨著滿眶淚水的大眼睛，拍拍善緣的肩，轉身跨上機車，噗——的離開了。

善緣提著「阿姨」送給他的禮物，望著「阿姨」騎機車遠去的背影，心酸酸的。

爸爸牽著善緣的手，對他說：「走吧，我們也該回家了。」

「爸，」善緣想要問清楚事實真相，希望爸爸能回答他不是，卻又很怕爸爸的回答是是。

「沒事了，」爸爸輕鬆愉悅的拍拍善緣的肩，說：「年輕不懂事的故事之一啦！」

「……」善緣深情的望著走向車門的爸爸，這個身材有點矮、有點肥，臉蛋兒有點圓、有點扁的爸爸，和身材高眺、五官分明的自己，外表真的很不一樣。但他性情心地真的很好，做人處事勤勞熱心、中規中矩，他這樣平等無私的愛護著一個棄嬰。善緣覺得爸爸好偉大，自己好幸運，他感動得流下淚來，趕緊跑向車子鑽進車裡，坐在爸爸的身邊。平時也挺頑皮搗蛋，愛給爸媽找麻煩的的善緣，第一次深刻的感到：在爸爸的身邊好溫暖。

「她跟她的孩子緣份比較淺，所以要分開。」爸爸笑著說：「她的孩子有好人家疼也很好呀，那就叫做善緣。有好的緣，是不是親生的並不重要喔。」

「嗯，」善緣笑著點點頭，眼淚卻不聽使喚的流了下來，他及時把頭別向窗外。

●

望著窗外朗朗夏日，青翠的路樹和田野，善緣心裡嘀咕著：誰說「陽光下沒有新鮮事」，今天的事可新鮮到不行，他告訴自己：忘記吧！阿姨的那個嬰兒早就被她悶死丟掉了；他告訴自己，今天什麼事都沒有發生，那套衣服是一位欣賞自己古錐、緣投、帥氣的粉絲送給他的；他跟自己確認，父親是許坤崙，母親是黃美香，事實就是這樣。

爸爸默默的開車，車子繞進小路，往家的方向開去。不遠處的那座小橋邊，發生麼事了，很多人在圍觀。

「ㄛ——ㄧ，ㄛ——ㄧ」有救護車，還有警車。

「發生什麼事了？」爸爸說：「好像是車禍。」

爸爸把車停在路邊，善緣和爸爸跳下車，善緣快速的鑽進人群裡面。

「爸！你快來看！」善緣大叫著去拉父親：「是明翔發生車禍了啦！」

周明翔被搬上擔架，全身是血，血染紅了他的衣褲，他閉著眼睛，一臉痛苦的表情。旁邊圍著著急萬分的他的家人及鄰居。

「ㄛ一，ㄛ一，」救護車把周明翔載走了。爸爸也開著車，載著明翔的家人，跟去幫忙照料。

「周明翔，你這下糗大了——你跟阿姨一樣玩火焚身。」善緣望著救護車遠去，愣愣的站在那裡：「玩火焚身燒自己也連累別人，阿姨連累我，你連累你的家人。」

「這世界上，究竟有多少個周明翔，多少個像阿姨那樣無知的青少年，多少像我這樣無辜的小孩？」善緣想著腦海裡浮現電視裡車禍的場景、棄嬰的報導、虐童的事件，感到毛骨悚然，也爲自己捏了把冷汗。

「神啊！請您保佑，讓這世間不要有那麼多車禍，不要再有墮胎這種事情發生，也不要有嬰兒被拋棄。」善緣在心裡喃喃的祈禱。

「緣！你站在這裡做什麼？」善緣的媽媽剛從葡萄園回來，來到車禍的現場，她驚魂未定的走過來對善緣說：「你看到了吧！幸好你沒有給他載，楊昆明也沒給他載，要不然擔架抬走的，就不止周明翔。」

「媽媽，」善緣望著這個外表粗勇健壯，個性開朗慈愛柔和的媽媽，大聲的哭了起來，他走過去抱著媽媽，緊緊的抱著媽媽，越哭越傷心。

「緣，你膽子怎麼這麼小？被嚇成這樣，還是擔心同學？」媽媽緩和了一下情緒，笑著拍拍善緣的背，溫和的說：「媽媽有勸他呀，講不聽有什麼辦法？你不要擔心，醫生會救他。若是死了或殘廢了也是他自作自受呀！緣，還是你乖，媽媽就知道你不會學他。」

善緣哭得更大聲了，像無法停下來那樣。

「好了啦！緣，你有點男子氣概好不好？哭成這樣？也不怕被人家笑！」媽媽說：「還是，你被嚇壞了嗎？好好好，媽媽帶你去收驚，走！回家拿衣服去收驚。」

媽媽幫善緣擦擦眼淚，可是眼淚像關不住的水龍頭，一直掉下來，媽媽就不擦了，拉著他的手，快步的走進他們家裡。一邊走一邊氣呼呼的念著：「這個死周明翔，我百次千次的提醒他小孩子不要騎機車，他就不聽，硬要騎，他的父母也不知道在做什麼，也不管好他，違規的人怎麼會有好下場？把我們善緣嚇成這樣，真是莫名其妙！」

「媽，」善緣哽噎著說：「不要罵明翔啦，我沒有被他嚇到啦！」

「那你在哭什麼？」媽媽說：「哭畢業嗎？」

媽媽拉著善緣坐在沙發裡，跟他說：「媽媽小學畢業也有哭，全班就我哭得最厲害，不過，我是在學校哭，你怎麼回家才想到要哭，害我差一點把你抓去收驚。哈哈哈！」

這會兒，善緣更覺得媽媽真是個超可愛的媽媽，他依偎在媽媽的懷裡，心裡在祈禱，希望幸福不要離開他。

「咦？」媽媽想到什麼了？東張西望的找了起來。

「緣！」她用驚訝的神情，對善緣說：「你不是今天畢業典禮嗎？怎麼連一個獎品都沒有？」

「誰說沒有！我有很多獎品跟禮物，一拖拉庫那麼多喔！」善緣精神來了。

「在哪裡？」

「在爸爸的車上。」

「爸爸的車上！？」媽媽緊張萬分的說：「你爸開車載明翔的爸媽去醫院了耶！醫院人多又雜，你那些獎品會被人拿走的，走走走！媽媽開車載你去把那些獎品載回家。」

「不會吧？爸爸等一下就回來了。」

「走啦！走啦！你爸爸是超級大熱心，明翔不脫離險境他不會那麼快回來的，等他想到要回來，你的獎品都被搬完了。」

媽媽把善緣拉出家門，匆匆的去開她的老爺車，善緣在院子裡等媽媽把車開出來。

躺在樹蔭下的來福，興奮的跑過來，在善緣的腳邊親熱的磨蹭著。善緣蹲下來抱著來福，仔細的觀察一下這個家，這棟寬敞的正方形二層樓房，花木扶疏、樸實溫馨。

他想起到阿叔家住的阿公、阿嬤，什麼時候回來呢？住校的大姊、二姊快回來過暑假了吧？哥哥呢？這個時間應該在補習班補習……。

「幸好有這個家，幸好有這樣的爸媽。」善緣有歷劫歸來的感覺，他十分冷靜的告訴自己：「以後要乖一點，不要太頑皮；要好好用功，不要讓爸媽操心。」

他發誓：一定要讓這個善緣更美麗。

2.

S
P
P

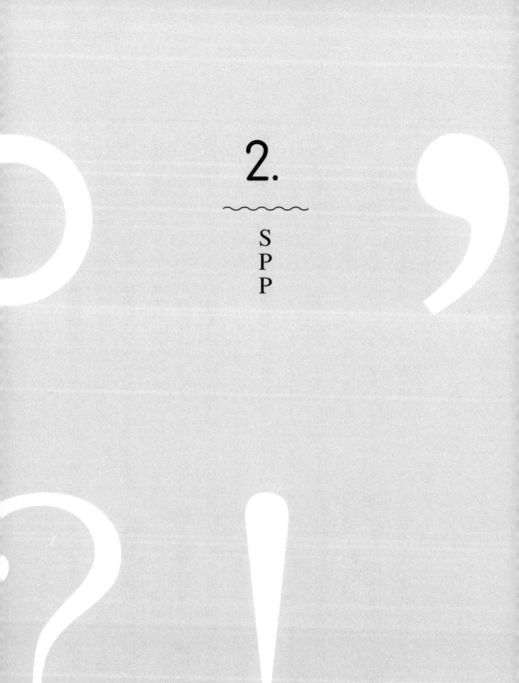

我們家人口極簡單，就爸爸、媽媽和我。我們三個都是工作狂，爸媽是自願的，我則是受環境的影響。自從上幼稚園開始，我過的生活就是每天上學、補習，補習、上學，假日也安排了補這個、補那個。小時候，我以爲每個人的生活都是這樣，漸漸長大才發現其實不然。

爸爸、媽媽是南北雜貨的批發商，也有零售，每天張開眼睛就在顧店，和那些雜貨及客人打交道，從來沒有假期。我有意見的時候，爸媽總是安撫我說：「暑假再帶你出去好好的玩一玩。」你知道通常我們暑假都是去哪裡玩嗎？呵呵！十次有八次是——回爸爸的老家探望阿公阿嬤。

我懷疑我的爸爸媽媽對我有沒有愛？怎麼如此不在意我的感受？在我的眼中，我的爸爸、媽媽是做生意的機器，根本不懂得過生活，是超級的SPP！

看吧！一轉眼，今年的暑假就快要結束了，我們還沒出門玩過一次。

爲了想在這最後幾天的假期裡，爲自己找到一個出遊的機會，我一天到晚纏著爸媽，誰被我逮到，我就拉著誰說：「不是說好暑假要出去玩的嗎？怎麼都沒有呢？暑假就要過去了！」

說。

「你真不懂事喔？現在生意這麼清淡，哪還有心情玩？」媽媽皺著眉頭說。

「昱欣，你漸漸長大了，要懂得共體時艱。一直吵的話，爸媽的心不就更慌了？」爸爸說：「在開學之前，爸爸會盡量找時間帶你出去逛逛就是了。」

「要記得喔，離開學只剩不到兩個禮拜。」我提醒爸爸：「要不然，開學之後，同學們都說他們去了哪一國、哪一名勝古蹟玩，我則連大門都沒出去過，那不成了標準的SPP嗎？」

爸媽沒理我，望著偌大卻冷清的店發愁。

其實，也不是我不懂事愛吵，而是我真的太寂寞了，我沒有兄弟姊妹，我們住的地方又是熱鬧得鄰居只會各忙各的街，我缺少玩伴呀！景氣好的年代，爸媽每天忙得灰頭土臉的，沒時間帶我出去玩，現在景氣不好，我對爸爸說：「我們可以利用景氣不好的時期，關上大門，好好的出去玩一玩呀！」

爸爸說：「景氣不好，難得上門的客人更要好好的招呼，我們要更敬業才對，怎麼可以關上大門出去玩呢？你呀！說這樣的話，真是SPP。」你知道SPP是什麼意思嗎？對了，就是土裡土氣，跟不上時代的意思。台語是「ㄙㄨㄥ ㄆㄧㄚ ㄆㄧㄚ」。「SPP」本來是我從學校學來的口頭禪，打什麼時候開始，連爸媽都開口閉口SSPP SPP的。常來我們家批貨的客戶，說了句外行話，就會被我們冠上「SPP」的外號。來往的親友有比較不上道的，我們也會稱他「SPP」，感覺挺好玩的。

●

「昱欣啊！」爸爸在樓下喊我。

「做什麼？」我跑到樓梯口問他。

「你準備一下，今天下午我們出去玩。」

「唷呼！好棒！」我蹦蹦蹦的跑下樓，挨到爸爸身邊，興高采烈的問他：

「爸，我們去哪裡玩？」

「回鄉下老家看阿公阿嬤。」

「啊？怎麼又是這樣？」我失望的問他：「去看阿公阿嬤叫做玩嗎？」

「每次回鄉下老家你不是都在玩？」

「那是你老家不是我老家啦！我老家在這裡。」我很不高興的說：「誰要當鄉下人，SPP！」

「你別忘了，阿公、阿嬤多麼疼你，還有叔叔、嬸嬸和他們的四個小孩……你的堂弟堂妹，他們很仰慕你喔！」

「別提他們了好不好？」我很不屑的說：「一群SPP！」

「回鄉下之後，SPP恐怕是你喔！」

「什麼話？別忘了，我是這個大都市的高材生。」

「現在是葡萄成熟的季節，我應該帶大都市的高材生回去吃吃葡萄的。」爸爸喜孜孜的說：「有得吃又有得帶，這不是很好嗎？」

這倒是，爸爸的老家堪稱葡萄王國，整個村子在葡萄園的環繞之中，葡萄成熟的季節，葡萄架下，那一串一串葡萄，綠的翠綠，紫色的像瑪腦，顆顆結實飽滿、晶瑩剔透，非常漂亮。採幾顆嘗嘗吧，啊！酸的酸溜溜，甜的甜蜜蜜。

吃過午飯，我們把店門關上，爸爸開著車，載著我和媽媽出發了。大約三個小時之後，一望無際的葡萄園出現在眼前，爸爸的老家到了。

車子開進葡萄園間的小路上，遼闊的葡萄園裡，小路遍布，我們好像在走迷宮，在小路上繞來繞去。爸爸的老家在迷宮的出口處。車子一駛出葡萄園的小路，來一個大轉彎，就彎進阿公家的大院子裡了。車子都還沒停好，阿公阿嬤，還有叔叔家裡的那四位黑黑醜醜的孩子都迎了出來。

「昱欣，阿公阿嬤都在等你們，你們終於回來了。」阿嬤過來拉著我，一直上下打量著：「怎麼都沒長高呢？還是這麼一點大，都要讀五年級了，不是嗎？」

「有啦，有長高又長壯了，上次回來哪有這樣？」阿公盯著我看，笑咪咪的說：「太久沒看了，說不準了。」

阿嬤緊緊的拉著我的手，我望著眼前這位黑黑瘦瘦，十足ＳＰＰ模樣的老婦人，心裡很懷疑，她真的是我的親人嗎？怎麼跟白白壯壯、斯文可愛的我一點也不搭？奇妙的是，她的確讓我感到有一種很特別的和藹可親，使我不得不承認，她真的是我的至親。阿公搭著我的肩，高大慈祥的阿公也讓我感到很溫暖。

「赫！都快到阿公肩膀高囉！」阿公朗聲笑著，拉著我比高，比給阿嬤看，阿嬤看得笑呵呵，阿公把我摟得更緊了。叔叔家的四個SPP小孩，像隨扈一般的跟在我旁邊，一塊兒走進大廳。

「哥，我們家裝第四台了喔！」念幼稚園的小堂弟，興沖沖的靠過來告訴我。

「第四台？第四台我們家裝好幾百年了。人家現在用電腦連線就可以看了，你才在裝第四台？真是SPP。」我很不以爲然，更不喜歡他那種愛獻寶的模樣，就再狠狠的追補他一句：「SPP！」

「……」堂弟傻傻的愣在那裡，哈哈！真是十足的SPP。

「哥，這學期你得第幾名？」跟我一樣念四年級的堂妹問我。

「妳猜。」

「嗯……第一名吧？」

「少虛榮了好不好？哪有那麼多第一名？」

「那……第三名嗎？」

「奇怪了，妳怎麼不猜第二名？我是第二名，怎麼樣？」

「不怎麼樣啊！」堂妹得意的說：「我呀，考第一名喔。」

「鄉下地方的第一名有什麼用？妳到我們大都市考考看，不考最後一名才怪。」

「哪有差那麼多？」

「怎麼沒有差那麼多？鄉下的程度跟都市怎麼會一樣呢？妳連這個都不懂，真是SPP！」

「……」堂妹似乎很不服氣，嘟著嘴沒有再說話。

「哥，什麼叫作一せ ㄙ ㄆ一 ㄆ一 ㄆ一？」堂弟問。

「一せ ㄙ ㄆ一 ㄆ一？哈哈！」我大笑著說：「SPP就是ㄙㄨㄥ ㄅ一ㄚ ㄅ一ㄚ，懂嗎？你看你，連這個都不懂。」

我剛說完話，堂妹就哼了我一聲，不理我了。堂弟也用很詭異的眼神望著我。其他的堂弟妹也閉上嘴了，把要說的話呑下肚去。大廳裡只剩阿公阿嬷和爸爸媽媽的談話聲。

快黃昏了，阿嬷說她要煮晚餐了，我們每次回來都會住上一夜，在這裡吃個幾餐。阿嬷免不了要煮一些拿手美食，慰勞一下她的兒孫，殺魚宰雞，蒸煮炒炸，忙得不亦樂乎。

我呢？要玩什麼？事實擺在眼前，和SPP們是話不投機半句多了。他們好像也覺得與我不來電，放著我獨自坐著的長沙發不坐，四個人擠在一張一個人坐的沙發裡，離得我遠遠的，怯怯的望著我，要笑不笑的，好像我是一隻怪獸。SPP就是SPP，真受不了他們。

算了！我酷酷的站了起來，轉身走出大廳。我以為他們會跟出來，誰知並沒有。我在院子裡逛了一下下，發現院子的角落裡停著一輛腳踏車，沒有上鎖的。看到腳踏車，眼前浮現了回來時一路所見的那一條條彎來繞去的小路，和那一片片美麗的葡萄園。

「有了！自己騎腳踏車兜風去。」我腦筋一轉，決定：「不要讓ＳＰＰ們跟。」

我毫不考慮的騎上腳踏車，飛出家門，沒時間跟爸媽說一聲，他們忙著說話，也沒注意到我在做什麼。我心中可得意了，這下子可以殺殺那些ＳＰＰ們的銳氣，沒有他們我一樣可以玩得很開心。我以衝鋒陷陣之勢衝進葡萄園，涼風徐徐，一串串成熟的葡萄在晚風裡輕輕的搖曳著，好像在跟我打招呼呢！我萬分快意的騎過一條又一條的小路，一次又一次的左轉右彎，偶爾穿過一條大馬路，路的另一邊又是一大片葡萄園。

我彷彿進入葡萄叢林裡，真是大開眼界了，獨自在這樣的情境中馳騁，竟然是這麼的愜意，我真的是陶醉了。

忘了陶醉了多久，騎了多遠，我才發現天色逐漸暗下來了，收工回家的農夫，有的開拼裝車，有的騎機車，少數騎腳踏車的老人和小孩，一一與我匆匆擦身而過，他們大都灰頭土臉、衣冠不整，有的甚至髒兮兮的，咳！這一群ＳＰＰ的鄉下人，可憐的傢伙！跟他們比起來，我簡直是皇宮裡走出來的皇

子，我有鶴立雞群的感覺。

不一會兒工夫，所有的人就都不見了，整個葡萄園不見一個人影。我昂首疾馳，晚風柔柔的撫摸著我的臉頰、我的手腳和我這一頭高貴的、烏溜溜的頭髮。我像在森林裡狂奔的武士那般瀟灑，衝呀！衝呀！直到天色暗下來了，不能很清楚的看到路了，才停下來。

「好過癮！」我喘了幾口氣，用手摸了一下額頭上的汗。

「嘎！嘎！」什麼東西從我頭上飛過？我抬頭搜尋，是兩隻烏鴉，瞧牠們那副烏漆摸黑的模樣，真是SPP。

再定神放眼四周，天啊！四周漆黑一片，沒有一個人影。我真的是陶醉了吧？竟然忘了自己馳騁了多遠，忘了天將越來越暗。

這是什麼地方？離阿公家有多遠？剛剛我彎來拐去的，一口氣奔馳了不算短的路程，我現在在什麼地方呢？我心一寒、腳一慌，胡亂的掉轉車頭，想往來時的路飛馳，但我哪記得來時走的是哪條路？我有路就走，有交叉路就彎，彎來繞去，瞎轉盲彎，我在叢林裡迷路了。這樣不行，於是每到一個十字路口，我就要躊躇好久，面對著展現在眼前的三條一模一樣，只是方向不同的路，面對眼前除了葡萄園還是葡萄園的大地，我不知道要往哪裡走？

怎麼辦？天黑了，天全黑了。四周沒有我熟悉的霓虹燈，沒有來來往往的車燈，微弱的路燈像顆小星星，在很遠很遠的地方若隱若現，我集中注意力，朝有燈光的方向狂奔而去。美麗的葡萄園，在黑暗中鬼影幢幢，葡萄架下那一串串葡萄，好像一顆顆神祕的小眼睛，一大堆可怕的小眼睛，促狹的盯著我看，我踩踏板的腳越來越沒力氣了。

找到那條有「小星星」在閃爍的馬路了，可是，我搞不清楚我阿公家在哪一個方向？我弄不清楚我要往左邊走？還是往右邊走？我甚至分不清東西南北，偏偏這條馬路又沒有行人，偶爾馳來一部車也是飛也似的疾馳而過。我再隨意的騎進葡萄叢林裡，天黑的伸手不見五指了。我放棄了像無頭蒼蠅般的橫衝直撞，我停了下來，帶著一身汗，無助的仰望著天空。天空陰陰的，這是個沒有月亮的晚上，也沒有星星。我第一次自己一個人置身在一個看不到一個人，連一條狗也沒有的地方，我想大聲喊救命，看有沒有人來救我，但是我又怕如果聽到我喊救命的是壞人，那不是更悽慘？

奇怪？阿公他們怎麼不來找我呢？我們家的大人們都在做什麼？沒發現我不見了嗎？那幾個SPP呢？爸爸！媽媽！你們的獨子遇難了，你們怎麼都不關心我呢？

我牽著腳踏車，摸黑前進，路過一間小石板屋。記得爸爸曾經告訴過我：「田邊的這種小石板屋是給抽水馬達住的。」「抽水馬達」負責抽取地下水灌溉農田，貼心的農夫就蓋一間小屋子，以免抽水馬達暴露天空下，受風吹日曬之苦，裡頭也可以放一些農具。

我站在石板屋前休息，又累又怕，如果我有手機那就好了，可是爸爸根本沒幫我辦手機，斷了我的生路。我又累又怕，肚子餓得大叫特叫。「怎麼辦？」我盡量讓自己冷靜下來，不停的思索著：「我該怎麼辦？」

在這裡等大人來救嗎？這也是一個辦法，他們總會找我吧？總會想到我出來騎腳踏車吧？時間一分一秒的過去，我在這裡一直站著，十點鐘有了吧？我感到十分睏倦，像要癱下來的那樣。滿腦子的鬼魅魍魎，歹徒與變態狂，我好害怕，如果這個時候，來一個壞人要綁架我、欺負我，我根本一點抵抗的能力都沒有，只有乖乖就擒，只有任人宰割。這樣想的時候，眼前就浮現了電視畫面上播出的凌虐、撕票的畫面，我嚇得手腳開始顫抖。我好後悔，爲什麼不像往年那樣，和那幾個SPP在那附近玩就好呢？

「對了，」我望著那石板屋，心生一計：「我是不是可以進去裡面躲一躲呢？等天亮再說。」

這間石板屋並沒有上鎖，門輕輕一推就開了。裡面很暗，但還可以分辨抽水馬達的位置，以及存放在裡頭的一些雜七雜八的東西，空間很小，我把腳踏車留在外面，萬一有人來找我，才知道我在裡面。我拉下放在一旁的幾個空麻袋，把它鋪在地上，我把門關上之後，便疲累的往麻袋上一躺，是蜷曲著身體躺著，無法拉直我的身體。

躺在狹窄的石板屋裡，心雖然還是十分的惶恐不安，但比在外面面對著廣大的黑暗好多了。我昏昏欲睡，還是拉長耳朵，仔細傾聽有沒有阿公、叔叔或爸爸、媽媽來找我的呼叫聲。然而，在我睡著之前，傳入我耳裡的只有細碎的蟲鳥的鳴叫聲。在期待與失望中，疲累終於征服了我，不知不覺的，我就睡著了。

「喂！」不知道睡了多久，我被一聲粗糙的喊叫聲驚醒了過來，張開眼睛一看，石板屋的門被打開了，陽光像海水灌滿了屋裡。

「小孩子，你是誰呀？怎麼在這裡睡覺呢？」門外，一位瘦高個兒的老農夫，正一臉驚訝的對我說話。

我一骨碌的想爬起來，蜷曲了一整夜的骨頭硬梆梆的，頸椎也像上了石膏那樣，無法靈活的運動了。我只好學小狗那樣，「四腳落地」的爬出石板屋。

「你是誰？怎麼在這裡睡？」農夫蹲下來，溫和的問我。

「我昨晚迷路了，只好睡在這裡。」我揉著眼睛說。

「迷路了？你是誰家的小孩？」他說：「你看起來好像不是我們這裡的人，你從那裡來的？」

「我住台北。」

「台北？你從台北騎腳踏車下來？」

「不是啦！」我噘著嘴說：「我怎麼可能從台北騎腳踏車到這裡？真是SPP！」

「什麼ㄆㄧ？」農夫牽著我站了起來。我對他說：「我是台北人，來我阿公家玩的。」

「你阿公住哪一村？」

我阿公住哪一村？我怎麼知道？對了，在台北我們都說「我阿公住下港」

我就跟他說：「我阿公住下港。」

「下港？」農夫睜大眼睛說：「猴囝仔，你的阿搭嘛有沒有問題啊？你們在台北說的『下港』指的是中南部地方，中南部地方這麼廣，你阿公住下港？我是問你阿公住哪一個村莊，我好帶你回去啦，什麼下港，真是ㄙㄨㄥㄅㄧㄚㄅㄧㄚ！」

「ㄙㄨㄥㄅㄧㄚㄅㄧㄚ！我？SPP？！」我真有點生氣……很生氣，我很想擺脫他。天亮了，我才不相信我走不回去？我才不需要他帶！但，我又怕我真的走不出去？我昨天好像奔馳了好遠的路，恐怕離阿公的村莊好遠囉！

還是讓他帶一下好了。

「我不知道我阿公住哪一個村子，好像在這附近，又好像離這裡很遠。」

「你阿公叫什麼名字？」

我阿公叫什麼名字？爸爸從來沒告訴過我阿公叫什麼名字耶，我十分難爲情的對他搖搖頭。

「你不知道你阿公的名字噢？」農夫用不屑的眼神望著我，對我說：「那你阿嬤叫什麼名字？」

我再次搖搖頭。

「你有沒有叔叔或伯伯住這裡？」

「有一位叔叔跟阿公他們住。」

「叔叔叫什麼名字？」

「我都叫叔叔呀，也不可能叫他名字。」我小小聲的說。

「喂！你這個猴囝仔，長這麼大了，怎麼一點親族觀念都沒有？連阿公的名字都不知道，難怪你丟掉了都沒有人要找你。」農夫好火大，衝著我大吼著：「看你長得白白淨淨的，一副斯文相，連這麼親的親人叫什麼都不知道，笑破人家的肚皮。」

「……」我低著頭，從來沒這麼狼狽過。

「這片葡萄園連著好幾個村莊，你什麼都不知道我也沒辦法幫你找到你阿公家。」農夫對我說：「我看我帶你去警察局好了，說不定你的家人有去報警。」

我只好點點頭。

農夫把我的腳踏車牽進石板屋裡，把門關上，騎上他的機車載著我在葡萄園的小路上穿梭著，他是識途老馬，在葡萄園裡才繞了一會兒，就出現在一條大馬路上，再沒多久就到小鎮上的警察局了。

「警察先生。」農夫爺爺帶著我走進警察局，對裡面的警察說：「我撿到一個小孩子，他說他住在台北，他阿公住在下港，阿公住哪一村，叫什麼名字他都不知道，只好交給你們了。」

「這個小孩……」警察先生用看白痴的眼神看了看我，問我說：「你讀幾年級知不知道？」

「要讀五年級了。」問這個是什麼爛問題？超級ＳＰＰ！

「升五年級了？」他有點激動的說：「昨晚有人來報警，說他的一位讀五年級的孫子不見了，你來看看他們留下來的資料，看是不是你？」

警察先生拿起昨晚登記的資料，問了我一些問題。果真，那是阿公他們來報警的。確定之後，警察先生趕忙給我阿公打電話。

過不久，叔叔開著農用小貨車，載著阿公來了，四個小ＳＰＰ也來了。小ＳＰＰ們一跳下車就衝過來抱我，七嘴八舌的問：

「哥，他們有沒有把你怎樣？」

「哥，他們有沒有給你東西吃？」

「哥，我們好擔心你喔，你是怎麼逃出來的？」

「哥，我們家昨天晚上半夜了還在問神，你知道嗎？」

「哥，我們都跪在院子裡求天公保佑你不要被撕票，你知道嗎？」

我……原來他們都以爲我被綁架了，真是ＳＰＰ。仔細的瞧一瞧，他們那關心的眼神，那焦急的模樣，我的眼眶不禁一陣陣溫潤。

咳！我……我這麼機靈的人，怎麼可能被綁架呢？真是SPP……算了！

「謝謝你們關心我。」我盡量溫和的問他們：「我爸爸、媽媽呢？」

「大伯跟伯母回台北籌錢去了。」

「籌錢？籌錢做什麼？」我竟然一時沒會意過來。

「籌錢付贖金呀！伯母哭得好傷心，她說如果沒有及時付贖金，你會被撕票。」

「媽！」我突然覺得心好酸，我……我是想甩開小SPP們才自己出去逛的呀！沒想到……。

阿公跟叔叔跟警察聊了一會兒，謝過他們和農夫爺爺，就帶著我回家了。阿公坐農夫爺爺的機車，要去騎回我騎出去的腳踏車。

爸爸和媽媽聽到我已經回來了，馬上又從台北趕回下港。在離開下港之前，阿嬤準備了一桌豐盛的團圓飯，還有香噴噴的豬腳麵線，大家吃得津津有味。

「阿公，你叫什麼名字？」吃到一半，我便迫不及待的開始做戶口調查，這一天，我才知道這些親人的名字，我的名字，我的家鄉的名字。離開的時候，除了帶了一大箱的葡萄，終於我感受到，我也帶回了數不完的親情。

誰才是SPP呢！呵呵！

3.

牽牛花

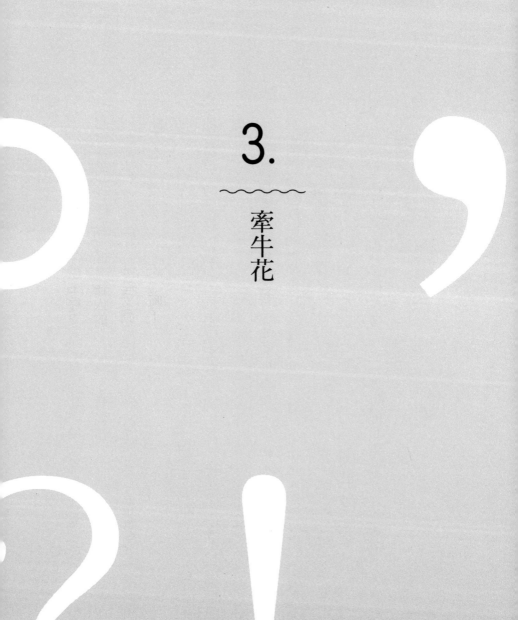

「吳正誼真的是越來越漂亮，難怪有同學叫妳玫瑰花。」今天在學校裡，吳正誼的級任導師這樣告訴她。是嗎？其實她也有聽說啦！最近有人在背後稱她玫瑰花。正誼好高興呀！放學時，就好像騰著雲、駕著霧，一路飄飄然的飛回家。

「媽，我回來了。」是輕唱著悅耳歌聲的百靈鳥飛進來了嗎？坐在沙發裡看報紙的媽媽，好奇的抬起頭來看著她，說：「正誼，今天心情好像很不錯喔？」

「當然啦！」正誼喜孜孜的放下書包，坐到媽媽身邊，對媽媽說：「媽，妳知道我們班同學說我是什麼花嗎？」

「不知道，什麼花？」

「玫瑰花。」正誼笑笑咪咪的說：「我們老師也這樣說喔。」

「玫瑰花？」媽媽微笑著說：「真巧，我也是今天才知道，我也有一個跟花有關係的外號。」

「什麼花？」

「妳猜。」

「嗯……」正誼好好的想了想：「牡丹？或是蓮花？」

「是牽牛花。」

「牽牛花？」正誼皺著眉頭說：「不會太俗氣嗎？」

「怎麼會？」媽媽得意洋洋的說：「當妳了解了人家爲什麼叫我牽牛花之後，妳就不會覺得俗氣了。」

「一定是因爲妳每年都帶牛頭班。」

「什麼牛頭班！」

「噢，對不起。」正誼更正了一下：「是最具潛力班，這樣說可好？」

「嗯，這還差不多。」媽媽說：「這個外號給我感觸很深。」

「當然了，妳是國中老師，國中階段的孩子本來就不好教，有的學生真的很牛，妳又喜歡挑最牛的、人家不想教的班級來教，把他們教得很好，所以，大家叫妳牽牛花，是稱讚妳的意思啦！」

「我的感觸不只這個，是因爲我牽過真正的牛，也曾經被當做牛對待。」

「是聽妳提過，但並沒有深入了解，很辛酸嗎？」

「嗯……」媽媽想了想，說：「想不想聽這朵牽牛花的故事？」

「想啊！妳快說。」

媽媽帶著神往的表情，走向茶几，倒來兩杯茶。

四十幾歲的牽牛花媽媽，有一點胖啦，背也有一點駝，捲曲披肩的長髮，有點花白微黃，樸實的臉上，除了兩個大眼睛炯炯有神外，整張臉隱約可見一層層風霜，喜歡緊抿著，不輕易張開的嘴巴，配在一張稍爲正方型的臉上，更令人一眼即可看出她的堅毅不拔。

媽媽坐在正誼身邊，端起杯子，喝了一口茶，就要開始她的故事了。四十年前，媽媽的童年是怎樣的呢？正誼十分好奇的拉長耳朵，洗耳恭聽了。

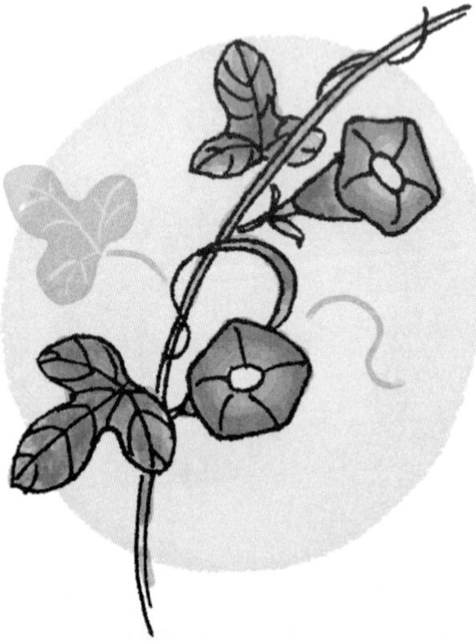

1

四十多年前，我出生在一個叫做牛埔頭的地方。

牛埔頭位於台灣西海岸邊，是一個相當偏僻的小農村，村外有一大片長年青翠茂盛的草埔，草埔上，時常有一群大大小小的牧童，趕著牛群在那兒吃草。牛兒或是在草埔上漫步，或是低頭吃草，或是躺在草地上休息，神情都十分悠閒。牧童們有的在草埔上追逐嬉戲，有的牽著牛亦步亦趨，有的躺在草地上看藍天白雲，數著飛掠而過的鳥群，有的倚在樹頭，望著遼闊的原野，讓美麗的幻想盡量馳騁……。

我家世代務農，和所有牛埔頭的孩子一樣，我從很小的時候，就開始放牛。我把牛當做玩伴、當做朋友、當做心愛的寵物。每天放學回家或是假日，我都和哥哥、姊姊以及村子裡的一些牧童，一起去牧牛。

牛和人一樣，各有不同的脾氣，有的很乖，有的很不安分，喜歡到處跑，亂吃田裡的農作物；有的特異獨行，喜歡跑到遠一點的地方獨自徜徉；有的稍一不順心，就要找其他的牛相鬥，用角互相頂來頂去，就像在操場打架的男生一樣。

我家的大黃牛可算是頂乖的了，但是，偶爾看到路邊或田裡有嫩綠的番薯葉，也會禁不起誘惑，走過去想要吃一口，我就摸摸牠的頭，勒緊牛繩，拉著牠遠離誘惑，一邊走，一邊告訴牠：「大黃牛乖，那不是我們的東西，不可以吃，一口都不可以。」

每當我這樣對牠說，牠就會乖乖的跟我走。當然，牠也有再犯的時候，我就不厭其煩的，一次、二次、三次……的對牠講。哥哥、姊姊和所有的牧童，都笑我：「那麼麻煩做什麼？對牛彈琴沒有用啦！抽牠一鞭牠就不敢了。」

可是，我堅持我的原則，我相信牛是一種有感情、有靈性的動物，是可以教的。事實證明，經過一段時間的調教，我的大黃牛比其他的牛有氣質多了——大家都這樣說的。

2

牛埔頭沒有學校，牛埔頭的孩子，上學的比率也不高。我和哥哥、姊姊每天走路到離家三里路外的小學上課。

在學校裡，我覺得我已經很用心聽講，也很用心做功課了，可是，不知道爲什麼？我寫出來的字總是歪七扭八的，幾乎每次都吃大丙；每次考試成績，不是倒數第二名，就是倒數第三名，因此，常常被老師打。每次被老師打，住街上的同學，就會在一旁七嘴八舌的嘲笑我：

「哈哈！牛埔頭牛又被打了。」

「嘻嘻！牛怎麼會讀書？打死也不會呀！」

「牛就是牛，牽到北京還是牛，跑這麼遠來讀書做什麼？」

聽了一大堆冷嘲熱諷，我都會傷心的趴在桌子上哭。漸漸的，老師也懶得打我了，她把個子瘦小的我，調到最後一排的最後一個座位去坐。我被「藏」

在那兒之後，老師大概就忘了我的存在，那種冰冷的感受，更叫人難過。

因此，有一陣子，我很害怕上學，每天一背起書包，腿就發軟，我流著淚要求爸爸：「爸，我不要去上學，我跟你去種田、放牛，好嗎？」

可是，爸爸都說：「傻孩子，不上學就不識字，一個不識字的人，就像一頭瞎了眼的牛。一頭瞎了眼的牛，不能拉車、駛犁、拖耙，活在這個世界上，不是太苦了嗎？」

「可是街上的同學都叫我牛埔頭牛。」

「牛埔頭牛就牛埔頭牛，有什麼不好？」爸爸安慰我說：「我們牛埔頭的人是勤勞出了名的；我們牛埔頭的牛，也是耐拖耐磨出了名的。能當牛埔頭牛，你應該感到光榮。街上一些好吃懶做的人，連當牛埔頭的牛都不夠資格。」

聽爸爸這麼說，我只好繼續去坐在那個，老師看不到我，我也看不到老師的地方。我覺得自己很像是隻被關在倉庫角落，又身染重病的小老鼠，整天看不到陽光，陽光也照不到我。

3

這樣不快樂的學校生活，讓我愈發不喜歡上學了，到要升三年級了，我的成績依然在最後幾名滯留，直到三年級上學期的有一天……

那一天，是夜裡剛下過大雨的星期日早上。一大清早，我和哥哥、姊姊都被媽媽叫起床：「我們今天要種土豆，你們也要去幫忙，動作快一點，吃過早飯，就要出發了。」

我們匆匆忙忙的刷牙、洗臉，吃過飯坐上牛車了，天還是黑漆漆的。爸爸牽來大黃牛，拉著牛車出發了。牛車上擱著犁耙等農具、土豆的種子、我們的茶水、午餐等。我們五個要去工作的人也坐在牛車上。

一路上，我們天南地北的聊著，嘻嘻哈哈的。走了大約一公里路程，必須經過一條大河，河面雖然有一座木橋，但老舊的木橋牛車不能走，所有的牛車都得從橋下涉水而過。還好，那條河不深，河水極淺。平時，牛車從那裡來來往往，倒也不覺得有什麼大的困難，可是，大雨剛過的河水，可就湍急了，河岸顯得又滑又陡，泥濘不堪。

「爸，」我憂心忡忡的說：「不能過啦，太危險了。」

「危險什麼？坐好！」爸爸也許也擔心，顯得有些煩躁。我不敢再說話，只有乖乖的聽命，用力的抓緊牛車的木柵。爸爸拉緊牛繩，示意黃牛下河，大黃牛遲疑的望著滾滾河水，不敢冒然跨步。

「哈！」爸爸再次催促，大黃牛小心翼翼的跨出一腳，另三腳更用力的支撐著，以穩住身體的重心。對一頭拉著牛車，車上負載有人和物的牛來說，走下坡並不比走上坡輕鬆。因爲，只要稍微有閃失，整台車就會帶著車上的人和物，一起衝進大河裡，下場很難想像。

我們提心吊膽的注視著大黃牛的每一個動作，牠也很了解擺在眼前的是什麼樣的狀況，所以，牠一直很慎重的跨出每一步。由於牠的經驗豐富，加上小心謹慎，下坡的這一關總算安全通過。走到河裡了，我們鬆了一口氣，熱烈的拍手大喊：「大黃牛萬歲！萬歲！大黃牛萬萬歲！」牠也愉快的輕搖著尾巴，得意的叫了一聲：「哞——」

開始涉水了，那河面滿寬的，此時一片汪洋。大黃牛慢慢的前進，我們坐在車上，水都要淹到我們了，很恐怖也很好玩。走過河面，就要上岸了。

「這個地方很滑，爛泥巴也很容易讓車輪下陷，若是讓車輪陷在泥淖裡就麻煩了。」爸爸下車察看了一下情況，說：「你們要下車，一方面減少重量，一方面你們也可以幫忙推車。」

我們趕忙跳下牛車，站在牛車的兩旁，擺出姿勢，卯足了勁兒，準備和大黃牛共度難關。

那坡果然又陡又滑，大黃牛往上跨一步就又滑下來一步，爸爸爲了替牠加油，鞭子不停的打在牠身上，大嗓門不停的吆喝著：「哈！哈！」

「爸爸！大黃牛有在盡力了，不要一直打牠啦！」我一邊推一邊喊著，可是，爸爸一心注意大黃牛的腳步和車輪，根本不理會我的話。我只好繼續使出吃奶的力氣，拚命的推，拚命的喊：「加油！加油！大黃牛加油！」

我們不停的喊，用力的推；爸爸也不停的喊，不停的推，另加不停的打。

大黃牛咬緊牙根，奮力的跨步。

啊！車輪陷下去了！呼！又拉起來了，好險！

終於，再兩步就上岸了，只剩下兩步了。可是，就在這時候，大黃牛的前腳突然一軟，噗一聲往下跪，跪在陡陡的、泥濘的河岸邊，急促的喘著氣。

「怎麼辦？怎麼辦？牛一旦跪下去是表示牠的力氣已經用盡了，怎麼辦？」媽媽焦急萬分。

我們也感到事態嚴重，卻除了用力穩住牛車外，束手無策。

大黃牛的力氣用盡了，一車的東西卡在牛車上，牛車卡在泥濘裡，這多糟糕呀！我爬上岸，蹲在大黃牛的面前，抱著牠的頭，摸摸牠那疲憊的、無奈的臉龐。我對牠說：「大黃牛，你好辛苦，我們很感謝你，請你再加加油，我們一起努力，通過這一關，好嗎？」

牠眨著大眼睛，嘗試著要爬起來，可是力不從心，一爬起來馬上又跪下去了。我實在不忍心再強求牠，可是，不又能如何？我繼續對牠說：「就最後了，試試看，我們一起來喔！」

我屏住氣，等牠的反應。我看著牠的臉，那是一張不急不躁，沉著冷靜的臉，大眼睛流露出一份堅忍不拔的神情，好像正在激勵自己，正在培養接受考驗的勇氣。

終於，牠輕輕的搖了兩下尾巴，輕輕的哞了一聲，眼睛裡透露出一道異樣的光彩，我知道牠要繼續接受考驗了。我趕忙跑到車旁，準備幫忙推。

大黃牛努力的讓跪著的腳站起來，好不容易快站起來了，又跪下去；跪下去，再努力的站起來。就這樣一次又一次的跪下去，再掙扎著站起來，看得我們鼻頭發酸，兩眼模糊。我們再次的拚命喊加油，拚命的使力配合大黃牛。終於，牠穩住腳步了。接著，往上一跨，再奮力一搏，哇啊！上岸了！大黃牛拉著牛車上岸了！我們都舒了一口氣，精疲力盡的跌坐在地上。我幾乎是用爬的，來到大黃牛面前，抱抱牠的頭，捏捏牠滿是泥巴的腳，感激萬分的告訴牠：「謝謝！謝謝你，大黃牛，你好辛苦。等一下我請你吃最嫩的草，喝最清甜的水。」大黃牛喘著氣，輕輕的搖著尾巴。爸爸和哥哥提著水桶，下河去裝水來幫大黃牛洗去滿腳的泥巴。

「爸，大黃牛好可憐，牠真歹命噢！」我說。

「什麼好命歹命，古人說：做牛就要拖，做人就要磨。」爸爸一邊洗大黃牛的腳，一邊說：「遇到難關一定要盡力克服，不能輕易放棄。」

「可是，大黃牛已經很努力了，你爲什麼還要打牠？」

「哈哈！」爸爸笑著說：「傻瓜，牛就是牛，不打牠根本就不會賣力走。」

「你用趕的，牠照樣會走呀！」我爲大黃牛力爭：「趕是提醒，你提醒牠走快一點，牠就會走快一點的。」

「沒像妳想的那麼簡單啦！」爸爸說著示意我們上車，耽擱這麼久，必須趕路了。

「阿公說：不會划船嫌溪窄，不會駛牛嫌牛歹。」我大聲的對又打了一下牛的爸爸說：「你不要不會駛牛嫌牛歹了，好不好？」

「哼哼！」爸爸冷笑著，回過頭來，對坐在他背後的我：「阿嬤說：不會讀書嫌書不好讀，不會寫字嫌鉛筆太粗。」

「哈哈哈！」車上的人都笑了，我尷尬的伸手去捏了一下爸爸那黑得發亮的臉頰，正經八百的對他說：「你不要刺激我喔，我已經下定決心了。」

「下什麼決心？」

「發奮圖強啊！」我說：「我們校長上台說很多話，我都聽不懂，但是他常常要我們發奮圖強，說了一次又一次，我就聽懂了。」

「是啦，校長常常要我們挖糞塗牆，哈哈哈！」哥哥笑得很大聲：「妳知道要怎麼樣挖糞塗牆嗎？」

「是發奮圖強，以前聽不懂，可是現在我懂了。」

「哦？」姊姊說：「現在懂了，現在？現在又沒有人教妳。」

「是沒有人教我，但是，大黃牛教我了，我們不是都看到了嗎？剛剛大黃牛就是在發奮圖強。」

「嗯，有道理。」爸爸說：「那，妳說說看，妳要怎麼樣發奮圖強？」

「從今天起，我要用大黃牛剛剛在爬坡的那種精神讀書。」我跪坐在牛車上，晨光普照在我臉上，我對著藍天白雲說話：「人家讀一遍就會，我讀不會，沒關係，我就讀他十遍；人家讀十遍，我讀一百遍。大黃牛爬坡，爬爬爬！爬到腳軟了，沒關係，喘口氣，站起來繼續爬。我要努力的讀，讀讀讀，讀到累了，沒關係，休息一下，提起精神，繼續讀。」

「啪啪啪！」所有的人都爲我鼓掌。

「有志氣。」爸爸轉過身來對我說：「琴啊！如果妳真的這樣用功，再不進步的話，我的頭斬起來讓妳當椅子坐。」

「哈哈哈！」我們都笑了，笑得前俯後仰，我的心裡充滿陽光。

4

爲了配合我的「發奮圖強」，哥哥不知道去哪裡找來了一顆說是「豬膽」的東西，要我掛在我房間的屋樑上。

「房間有一顆豬膽很可怕耶！」我說。

「琴啊，妳下定決心要發奮圖強了，對不對？」哥哥說：「既然說過就不可以忘記。這顆豬膽好苦喔，妳每天都要嚐它幾口，以提醒妳成績不好被嘲笑的苦。」

「嗯，有道理。」我點點頭，感激的對他說：「謝謝！」

「琴啊，」姊姊對我說：「來，姊姊幫妳綁辮子。」

平常都是姊姊幫我綁辮子的，所以，我不覺得意外的跑到姊姊身邊。意外的，姊姊竟然只幫我綁一根辮子，而且是紮在頭頂上。

「做什麼！」我拉著那根站不直，垂不下的辮子，大聲的喊：「為什麼綁成這樣？」

「琴啊，妳讀書的時候都會打瞌睡，對不對？」姊姊說：「以後，妳要發奮圖強就不可以打瞌睡了。妳每次要讀書的時候，就把頭髮綁在繩子上，繩子掛在屋樑上，這樣一來，妳頭一垂，繩子就會拉住妳的辮子，拉疼妳的頭皮，妳就會睡意全消。」

「哈哈哈！」我大笑著說：「我知道接下來你們會給我什麼東西了。」

「什麼東西？」

「一把鑽子，對不對？」

「對對對！」哥哥和姊姊異口同聲的說：「妳怎麼知道的？這麼快就開竅了嗎？」

「臥薪嚐膽，懸樑刺股，這故事我們老師講一百遍了。」我說：「我才不想用這些辦法。」

「莫非妳有更好的辦法？」

「有！」我說：「幫我畫一張大黃牛在爬爛泥坡的圖，貼在我書桌前的牆壁上，這比什麼都好用。」

「好耶！」哥哥和姊姊十分贊賞的說：「這個主意挺好喔！」

哥哥很快的畫好我要的圖，貼在我指定的地方，我也開始用大黃牛爬坡的精神讀書。讀讀讀，讀到家人都睡了，我還在讀；讀讀讀，讀累了，我就休息一下，看看貼在面前的「大黃牛爬坡圖」，振作精神，繼續讀。

「一分努力，一分收穫」的銘言果然不假，因爲我拚命努力，哥哥姊姊也很樂意指導我，我的成績真的是「突飛猛進」，讓老師和班上同學看得目瞪口呆，紛紛對我刮目相看，以爲我吃了什麼仙丹妙藥，或是得到何方神聖的指點，真好玩。

成績好轉了，我這隻躲在倉庫角落的病老鼠，已能健健康康的活躍在陽光下；我也已經發現，書是一種愈讀愈有味的東西，我讀上癮了，欲罷不能，考試分數也就一路狂飆。

就這樣一路狂飛，飛到五年級，我的成績已闖進班上前三名，六年級一整年，則一直保持第一名的寶座。

畢業典禮的那天，再多的獎品也比不

上我愉悅的心境，我高興自己——爬坡成功。捧著獎狀獎品，放在書桌上，「大黃牛爬坡圖」已經微黃，我靜靜的凝視著它，兩行熱淚滾滾而下。

5

上國中了，國中離家五公里路遠。八個牛埔頭的男女同學被編在同一個班上。新生活的開始，我坐在自己的坐位上，鄭重的告訴自己：「牛啊！妳又要面對另一個坡了，用心的爬吧！」

牛埔頭的國中生，每天起得比太陽早，幫忙做好家事，匆匆吃過早餐，再騎上鐵馬，風駛電馳的穿過鄉間小路，一路飛到學校。一放學，又是匆匆忙忙，飛也似的衝回家。回到家，一放下書包，不是牽著牛出去吃草，就是拿著鐮刀出去割草回來，為辛苦的牛儲備糧草。三年的國中生活，就這樣一晃而過，這一個坡又讓我爬成功了，畢業典禮上，我拿到了最高榮譽縣長獎。然而，在操行欄裡，我有一個大過的記錄。

如果說那個大過是白紙上的一個污點，我卻要說，它是促使我更積極上進的一個力量。事情是這樣的……

在那所國中裡面，牛埔頭的孩子，有其與眾不同的風格，就外表看，我們的皮膚特別黝黑，我們的塊頭特別粗壯，我們的聲音特別宏亮，我們的動作特別粗獷，我們的力氣也特別大，街上的孩子和某些老師，在背後都叫我們——那一群牛。

他們也特別喜歡「駛牛」，班上有粗重的工作，就叫「牛」去做；學校裡勞動服務，一些比較重、比較髒、比較難的工作，也都叫「牛」去做，牛從來不推托，從來都是不負眾望，一一辦妥。

國二下了。我們班有一個長得白白胖胖，十分美麗的女同學，她的外號也叫玫瑰花。玫瑰花仗著家世和老師的寵愛，在班上十分囂張跋扈，眼睛長在頭頂上，尤其瞧不起我們這一群牛，時常刻意排斥，她最常罵我們的一句話是「沒氣質」。每次被罵「沒氣質」，我就會在心裡想了又想：「氣質是什麼？

氣質就是白白淨淨的皮膚？氣質就是漂亮的臉蛋？氣質就是掃地時間用高級手絹掩住鼻孔，站得遠遠的什麼事都不做？」

有一天，輪到玫瑰花當值日生，一向遇到她當值日生，都是我們牛埔頭的男生在幫她抬便當。那天，天氣很熱，當那頭大笨牛汗水淋漓的把便當抬到教室的時候，已經遲了好幾分鐘了。等得怒火衝冠的玫瑰花，不但沒有向他道謝，反而一直責備他和另外那個抬便當的同學：「你們在做什麼？抬一個便當抬那麼久，人家餓死了，你知道嗎？」

「唉唷！人很多啦！」大笨牛靦腆的說。

「人多你不會擠啊！牛不是最有力氣的嗎？你連擠都不會，你是什麼牛？拉痢牛！沒氣質！」

本來個性就比較忠厚的大笨牛，低著頭，帶著一臉委屈，卻沒敢說一句話，我卻感到滿腔熱血沸騰，一股不知來自何方的力量，推著我走到玫瑰花面前，一把掃掉她剛打開的便當，高級的便當盒和一盒豐盛的午餐，散落一地，香腸、臘肉、鮮魚、滷蛋滾向四方。我沒瞧玫瑰花一眼，轉身走回自己的坐位上，吃自己的菜脯蛋、鹹魚乾。

意料中的，玫瑰花馬上帶著一張紅通通的臉，衝到我面前大喊：「妳……妳這是幹什麼？」

「幹什麼妳不是看到了？還問！」

「妳大膽！」

「沒氣質的人通常都很大膽，妳最好客氣一點。」

「去把我的午餐收拾好！」

「不！可！能！」

可是，當我的不可能才說完，班上的另外那七頭牛，竟然不約而同的放下筷子，站了起來，異口同聲的說：「我來幫妳收拾。」和我的驚訝同時，玫瑰花的臉上又浮現那種不可一世的神情。我好著急，這些牛怎麼吃錯藥了？

他們爭先恐後的跑到玫瑰花的坐位旁邊，七手八腳的搶著收拾，有的撿起地上的便當盒，丟到教室後面的垃圾桶裡，有的撿起滾了好遠的滷蛋，拿過來放在玫瑰花的口袋裡，有的撿起地上的香腸，擱進她的鉛筆盒，有的把魚和肉用紙包起來，放進她的書包裡，有的把飯掃成一堆，捧到她的書桌上，堆成一堆，再把筷子插在上面。

「怎麼樣？玫瑰花小姐，奴才們幫妳收拾好了啦！」

玫瑰花早已哭得肝腸寸斷，哇哇大叫。玫瑰花的哭叫聲和同學的笑鬧聲，把導護老師引來了。

就在同學們正感大快人心的同時，我們八頭牛被罰站在司令臺下，訓育組長的鞭子，啪啪啪的打在牛背上。

第二天，公布欄上貼出一張布告，我被記了一個大過，其他同學各記一個警告，以儆效尤。

那天放學，我們不約而同的，牽著各自的牛，來到同一個草埔上。我們一邊放牛，一邊望著西天斑爛的晚霞沉思。不遠處的田間小路上，幾頭牛正拉著車，往回家的路上走。我凝視著那頭正被長鞭猛抽著的牛。那牛，每被抽一下，就更奮力的往前走幾步。我望著那頭牛，一陣辛酸湧上心頭。忽然，我發現，其他的同伴也正注視著那頭牛。我語重心長的說：「既然人家把我們當牛，我們不妨就用牛的勤勞和耐性去奮鬥。」

「對！」大笨牛說：「我們要爭氣，好好奮鬥，有朝一日，讓人們看看，什麼叫做牛埔頭牛。」

大夥兒你一言我一語的互相勉勵，一對對牛眼，緊緊的盯著西下的夕陽看，我看到一輪輪旭日正自一頭頭牛兒的心中升起。就在這時候，我悄悄的許下一個心願，願將來學有所成，回到這個學校牽牛。

6

「光陰似箭」、「歲月如梭」，隨著農業的機械化，牛埔頭的牛群，大部分都功成身退了，我們那群「牛埔頭牛」也都各自成家立業，不論士農工商，各行各業，都表現得可圈可點，我也如願以償的回到國中來牽牛。

7

媽媽一口氣把故事講完，輕輕的舒了一口氣，微笑著往女兒的懷中一躺，正誼趕忙抱住媽媽，緊緊的抱住，頑皮的親了一下媽媽的臉頰，大聲的喊著：

「噢！媽，妳這頭牛的噸位還真不輕呢！」

「哈哈！」媽媽笑著說：「牛嘛！有什麼辦法？」正誼也笑了。

暖暖的陽光下，好美麗的兩朵花。

4.

生日禮物

「快七點了，還不見個人影。」媽媽抬頭看了一眼牆上的鐘，對坐在沙發裡看電視的阿嬤、妹妹和我說：「我們去吃飯吧，不用等了。」

「唉！」阿嬤歎口氣說：「又不是當什麼大老闆，一天到晚應酬，真是豈有此理！」

肚子餓得咕嚕嚕的叫，爲了要等爸爸回家吃晚飯，我們必須一直忍耐。事實上，爸爸十天裡有八天不在家吃晚飯，不是他請人家就是人家請他，上館子去了。

爸爸不是什麼大老闆不錯，但他是一家大公司的業務經理，大概是這樣吧？從我懂事以來，爸爸就時常醉醺醺的回家，在家裡醜態百出是常有的事，在外頭出糗的記錄也多得不勝枚舉。小時候我一直以爲當老闆或當經理的人都得這樣，漸漸長大，觀察周遭的親友鄰里，才發現其實有很多生意人是滴酒不沾的，像爸爸喝成這樣的老闆或經理也不多。

我們家的人——阿嬤、媽媽、國小六年級的我、四年級的妹妹，都很討厭爸爸喝酒，每次到他該回家的時候不見他回家，我們的頭就隨著時間一分一秒的過去，一寸一寸的增大，我們都在擔心著：「不知今晚的情況是怎麼樣的？」

●

「我……我喝……喝酒，又沒要……沒要妳們喝，妳……妳們緊張什麼？」爸爸喝醉了回來，阿嬤或媽媽說他幾句，他總是這樣回答：「喝酒是……是應酬……交際應酬，妳們懂不懂？」

爸爸口才好、反應快，阿嬤和媽媽怎麼說得過他？只好沉默了下來。

「酒又不是什麼好東西，」我說：「何況喝多了還會傷身體。」

「傷……傷身體？」爸爸一臉不解的問我：「傷……傷誰的身體？」

「當然是傷你的身體囉！」我說：「而且，開車不能喝酒，喝酒不能開車，這個你不知道嗎？」

「不知道！不知道！」爸爸皮皮的躺在沙發上，豎起大拇指，大聲的說：「我喝一點酒再開車的話，開得特別穩喔！一路這樣咻——的就飛回家了，沒事的啦！」

沒事嗎？爸爸忘了他已經撞壞一部車子了，那一次他的頭還縫了好幾針，現在的這輛車子也已經一身傷，都快體無完膚了，一次進廠維修都要上萬的，累積的罰款自然也不是一筆小數目，媽媽的臉豈只慘綠？

其實，撇開喝酒的事不談，爸爸算得上是一位好部屬、好主管、好兒子、好老公、好爸爸……他的模樣兒好、頭腦好、脾氣好、外交手腕好……。爸沒在醉的時候，處事冷靜、穩重，做什麼事都很認真，所以囉，和人家喝酒的時候也很認真，這個認真卻時常把我們家鬧得雞飛狗跳。糟糕的是，不管他如何的爛醉如泥，出了多大的糗，酒醒之後，任憑人家怎麼向他描述，他都不會承認自己曾經喝多了酒，他都會一本正經的說：「我不可能會那樣。」

●

吃飽飯，我和妹妹上樓了，我招呼妹妹到我房間，把房門鎖上。

「做什麼？」妹妹一臉狐疑的問：「姊，妳要做什麼？」

「我們來討論一件事情。」我對她說：「我們漸漸長大了，對不對？」

「是呀！」妹妹坐到我的床上，望著我說：「那又怎麼樣？」

「我們豈能容忍家裡有一個酒鬼？」

「哦！」妹妹大聲嚷著：「妳竟然罵爸爸酒鬼！」

「我不是罵，事實勝過雄辯，不是嗎？」

「嗯……」妹妹難過得臉都歪了。

「我們得想辦法救爸爸。」我說：「爲了我們家也爲了我們的名譽，我才不想讓人家說我的爸爸是酒鬼。」

「可是，要怎麼救？阿嬤跟媽媽不是常常在救？」妹妹說：「有效嗎？爸爸從來不承認他醉過！」

「所以，我們必須研究出一些高招妙法。」我說：「天下無難事，辦法是人想出來的，妳不要還沒想就要放棄好嗎？」

「好吧，我想！我想！我用力的想！」

我和妹妹托著腮幫子，專心的進入思考。

「有了！」這麼巧，我和妹妹同時想到一個好點子；又那麼巧，我們的點子竟然一樣，我們幾乎要相擁而泣了，迫不及待的馬上進行這一妙招，爸爸有救了。

●

「小妍、小莉，妳們下來一下！」

星期日的上午，我和妹妹在樓上寫功課，聽到爸爸在樓下叫我們。爸爸很少同時傳我們一起「晉見」的，顯然跟我們剛使出的妙招有關。我和妹妹相視一笑，卻也緊張得不得了。

「爸爸一定看過我們的信了。」妹妹說：「會不會是爸爸大徹大悟，要向我們道歉，發誓不再喝酒了？」

「不再喝酒就好，不必道歉。」我說。

那天，我和妹妹迫不及待去做的事就是，我們姊妹各寫一封信給爸爸，同時放在爸爸書桌上。我們的主題是誠懇的「勸諫」爸爸遠離酒禍。要「同時」拿給他，目的是要觸動爸爸的心靈，讓他感動，感動到從此難以嚥下一口酒。

「我們一定要義正詞嚴，堅持我們信裡講的道理。」我交代妹妹：「爸爸如果跟我們嘻皮笑臉，我們都不可以笑，以表示我們的慎重其事，表示我們的愛之深責之切，懂嗎？」

妹妹點點頭，我們整理了一下服裝儀容，讓長得不夠威武雄壯，類屬嬌小柔弱的我倆，看起來有點威儀。這是我們的第一招，我深深祝福自己，祈求馬到成功。

「快一點下來，妳們在幹什麼？」爸爸在催了。

「來啦！」我們蹬蹬蹬的跑下樓。

果然，爸爸正拿著我們的兩封長信用心的讀著。這封信，足足用去了我一個晚上的時間，我寫了四張五百字的稿紙，妹妹也寫了兩張多一點，我們可是字字血淚，句句肺腑，要不感動也難，除非鐵石心腸。

「坐呀！」爸爸示意我們坐下，我們就坐到爸爸身邊去。我瞄了一下，爸爸的手中拿著我們的信，信上面多了許多紅字。爸爸看我們坐好了，整理一下那些信，一本正經的對我們說：「基本上，妳們的文筆都不錯，很通順，就是錯字太多。尤其是小莉，『酒是穿場毒藥』的『場』是『腸子』的『腸』，妳寫『場地』的『場』，不對！醉酒會『悟』大事嗎？應該是『誤』大事才對吧？錯誤的『誤』寫成體悟的『悟』了。小妍很好，文情並茂，很感人，愛喝酒的人若是讀到這篇文章，一定會有所警醒。妳說『爲人要正經，不該嗜好杯中物』——說喝酒的不正經？但是，歷史上不是很多文人雅士也愛杯中物嗎？」

我們兩對都不小的眼睛愣愣的望著爸爸看。爸爸好像一點也不覺得內容跟他有關似的，他又說：「筆是愈磨愈利，妳們能夠如此認真的磨鍊筆頭，很好，繼續努力吧！」

爸爸說著站了起來，像學校老師在發作業一樣，把稿子發還給我們之後，輕鬆愉悅的上樓去了。

第一招失敗了，我們有點沮喪，但並沒有摧毀我們的鬥志，我們約定要繼續努力。

●

「啊嗚——」

「碰！碰！碰！」

不是狼人出現，也不是有人打架，是我爸爸在酒醉。

我爸爸喝到七八分醉的晚上，我們幾乎都沒辦法睡覺。爸爸的酒品說壞嘛，他不會像有的人喝醉酒會亂罵人惹事生非；說他酒品不錯嘛，像這樣躺在地上亂叫、亂踢東西，其實也是情何以堪。剛搬到這村子裡住的頭幾年，鄰居聽到這種叫聲，以為發生兇殺案了，還有人過來按門鈴關心呢！

「啊嗚！」今天大概有九分醉，爸爸愈叫愈大聲，聲聲悽厲悲切。半夜零時了，四週一片寂靜，逃到客房睡覺的媽媽一再的起床檢視門窗，神經兮兮的把門窗關了又關，所有的窗簾通通拉上了還會再去拉拉看，希望把音量減到最

小，盡量不使家醜外揚。

等媽媽安撫好門窗再度進入客房睡覺，我和妹妹悄悄的來到爸爸的房門口，妹妹手上提著一台收錄音機，我們不約而同的做了一個噓小聲的手勢，輕輕的推開房門。

爸爸的塊頭大，床舖是訂做的特大號床，但是，今夜此時，爸爸沒睡在床上，爸爸敞開著雙腳、雙手，躺在床邊的地上，衣衫不整，大大的臉頰紅通通的，眼睛半閉半瞇著，嘴裡喃喃的唸些雜七雜八的話，念到某個段落就「啊嗚！」的大叫幾聲，接下來就是用力踢東西：碰！碰！碰！好像還滿有次序的。

我們潛進爸爸的房間後，立刻把房門關上。

「來！」我接過妹妹手中的收錄音機，把插頭插上，把收錄音機輕輕的擱到離爸爸嘴巴最近又不會被他碰到的地方，按下開關，一切準備就緒，我們就坐到床上，親自督促那台錄音機，把爸爸的聲音錄起來。

錄音機的帶子輕輕的轉著，直到大功告成，都沒有被爸爸發現。我們拔下插頭，提著錄音機，像小偷那樣急急忙忙的溜出爸爸房間。

星期日，爸爸在家。吃過午餐，全家人一塊兒在客廳吃水果、聊天，大個兒爸爸看起來有點粗獷，但對我們很和藹慈祥。

「爸！」我們那天的傑作，就是希望在爸爸非常清醒的狀況下，把那個恐怖的錄音放給爸爸聽。

「什麼事？」爸爸笑著說：「要我支援什麼對不對？」

「嗯，」我想了想說：「想請你聽一卷錄音帶。」

「哦？錄了些什麼？」爸爸開心的說：「很有趣的對不對？」

「嗯，」我說：「但是，你要答應我，不管你聽到什麼都不能生氣喔！」

「聽錄音帶就聽錄音帶，我爲什麼要生氣？」

聽爸爸這麼說，妹妹搶先去拿錄音機了，我把門窗關上、窗簾拉上。

「爲什麼要這麼神祕？」爸爸喜孜孜的，笑得很爽朗，以爲我們要跟他玩遊戲嗎？

阿嬷跟媽媽則冷眼旁觀，等著看我們在耍什麼把戲。

妹妹把那卷錄音帶擱進錄音機裡。

帶子轉了幾轉還沒有聲音，大夥兒側耳傾聽。

「有了！」一陣陣嘁嘁喳喳的雜音之後，有人在嘰哩咕嚕的自言自語，那是爸爸。但，那聲音很混濁，幾乎聽不出來是爸爸的聲音。爸爸沉默的靜觀其變，媽媽好像猜得出那是什麼了，笑得十分詭異。

「啊嗚——」出來了！重點出來了！我和妹妹興奮的抱在一起。

「碰！碰！碰！」阿嬤也聽出來這是什麼回事了，臉色怪怪的。

「啊嗚——」

「碰！碰！碰！」我們都偷偷的凝視著爸爸的反應。

但啊嗚了很久，爸爸仍舊無動於衷，安然自在，也搞不清楚他是真的聽不懂還是在裝蒜。

「這是什麼東東？」他笑著問，笑容輕鬆愉悅。

重複幾回合之後，我關了錄音機，妹妹興高采烈的指著爸爸說：「爸，那就是你酒醉的實況錄音，好聽嗎？」

「那是我的聲音嗎？」爸爸不服氣的說：「是你們亂栽贓的吧？我怎麼可

發出那種聲音呢？」

「爸爸你，」我挺身而出，慷慨激昂的說：「那真的是你酒醉在地上掙扎時亂叫的錄音，我們用心良苦你不能這樣不承認。」

「不可能！不可能！那不可能是我。」爸爸擺著雙手說：「沒有證據，沒有證據，妳們用什麼證明那是我的聲音？」

「聲音就是證據！」媽媽笑著插嘴。

「我的聲音才沒那麼難聽！」爸爸邊說著往樓上走去，一邊走還一邊說：「以後不要叫我聽這麼難聽的帶子，簡直是浪費我的時間嘛！」

第二招也宣告失敗，我們有點沮喪，但並不氣餒。

●

冬天的夜來得特別早，街上的羊肉爐、當歸鴨生意特別好，爸爸喝醉酒回來，常常說是去吃羊肉爐或當歸鴨。因爲是冬季，因爲這裡是個漁村，酒更是很多人的良伴，爸爸就是這種環境培養出來的酒國英雄。寒冷的冬夜裡，那啊嗚的聲音悽冷得令人感到毛骨悚然，那聲音真是我們家的椎心之痛呀！

我們積極的想辦法進行另一個新招。

這次爸爸是躺在客廳的地上，因爲勸不上樓去。冬天的花崗石地喔，爸爸躺在那裡不停的翻滾、嚎叫，阿嬤心疼的說：「其實他現在的感覺是痛苦的，絕對不是快樂。」我看也是，快樂的話怎麼會發出那麼難聽的聲音呢？

我和妹妹站在客廳的一隅，我拿著照相機仔細的觀察，希望能找到爸爸最難過的表情拍下。

「來這邊，這個角度比較好。」妹妹站在爸爸的腳那邊對我說。

「一定要拍到他的臉，要不然他又要說不是他。」我說。

「也要拍到我們牆上的字畫，他才知道這是哪裡。」

「我站在他身邊，跟他合照一張。」妹妹說：「三個證據他就沒話說了。」

我依妹妹的意見，拍了一張又一張，再以自己的觀點拍了幾張。拍好了，我們再叫他上樓，他還是不肯，我們就去搬一床棉被給他，再拍一張。

「可惜我們家沒有攝影機，」妹妹說：「要不然我們就全程錄影放給他看。」

「我猜他不會看。」我說。

第二天，我馬上去洗相片。把照片當面拿給爸爸呢？還是擱在他桌上就好？放學後爸爸還沒回來，我和妹妹在房間裡商議著。

「直接拿給他吧？」妹妹說：「親自看到他看了我才放心。」

「但，爸爸那麼大的人了，一定會有自尊心的。」我說：「當面拿給他不好吧？」

「把照片貼在他房間的牆上呢？」

「我看，還是悄悄的擱在爸爸的書桌上就好了。」我說：「除了酒醉的時候，爸爸是滿愛面子的人，太不給面子也不好。」

我們在爸爸回家之前，把我們拍的七張照片，一一排在爸爸的書桌上。

第二天，我們到爸爸房間看看，照片沒有了，爸爸也沒什麼特別的表現。

第三天晚上，「啊嗚」的聲音再度從爸爸的房間傳出來。

第三招又失敗了，真有點疲憊，但並不想放棄。

「我們要愈戰愈勇。」妹妹說。

●

這天晚上，九點半了，阿嬤睡了，媽媽、妹妹和我，都在書房讀書。有人按門鈴，我出去開門，來人是一位年輕的警察，看到警察，我一下子就聯想到還沒進門的爸爸，想到爸爸我全身一陣麻。

「妳們家爸爸喝酒開車衝到大排水溝裡去了。」他說：「妳們趕快跟我去處理吧！」

我們都嚇壞了，雖然這不是第一次，還是感覺很害怕，很害怕，媽媽帶著我和妹妹坐上警車。

爸爸出事的地點離我們家不遠，他是在回家的途中發生意外的，他那部銀色轎車有三分之一泡在水中。爸被撈起來了，正「擱」在水溝旁的地上，全身濕淋淋的，原本筆挺的西裝、油亮亮的頭髮，這會兒不僅和著水還沾滿了泥沙，還有雜草和樹葉。十來個附近的村民及路人圍著爸爸指指點點，爸爸狼狽不堪的坐在那兒，全身顫抖得很厲害，兩手支在地上，散亂正滴著水的頭髮，有幾絡蓋到眼睛上，爸爸的樣子看起來多麼像一隻剛從水裡撈起來的落水狗，一陣深沉的悲哀攏上我的心頭。

這種天氣，再多的酒精也抵不過冷冰冰的河水吧？我們很生氣，心卻很疼，央請警察先生幫忙把爸爸載回家。

「好！」去找我們來的那位警察叔叔說：「等我拍幾張照片就載你們回去。」

警察叔叔拿著數位相機，好像爸爸是名模一樣，猛找角度拍了一張又一張。

「這樣子又不好看，你拍照做什麼啦！」我向他抗議。

「例行工作——照相存證。他喝酒開車是要罰錢的。」警察叔叔說：「妳們應該勸爸爸不要喝酒開車才對呀！怎麼是勸我不要拍照咧？」

勸？我們沒有嗎？真是天曉得。

落在水溝裡的車子，是爸爸醒來後的第二天，他自己找人去吊上來的，我們也轉述警察叔叔的話，爸爸卻和往日一樣，很無奈的說：

「好！好！能不喝就不喝。」

奇怪的是——他一直都不能夠不喝。

●

爸爸的生日快到了，根據我和妹妹的習慣，家裡三位老人家過生日我們都會自己做卡片或用自己存起來的錢，買一個小禮物來表示一下心意。

「我們今年買什麼東西送爸爸呢？」我徵求妹妹的意見。

「當然是買爸爸喜歡的東西囉！」妹妹說。

「爸爸喜歡的東西是酒，我們買酒嗎？」

「酒！酒！酒！不要提酒！一提到酒我就要抓狂！」妹妹激動的說。

「有了！」我說：「我們來進行一項新招。」

「算了啦！什麼招都沒有用。」妹妹洩氣的說：「我們不是爸爸的對手，他無藥可救了啦！」

「再試試看好嗎？」我說：「考驗我們的智慧，好不好？爸爸只有一個耶！要多費一點心神呀！」

「好吧！」她萬般無奈的說：「什麼招妳去想，我不想了。」

「耳朵過來。」我把我的計畫對妹妹講了一遍。

「嗯，好吧！」妹妹說：「那就辛苦妳了。」

第二天放學後，我跑了一趟村子裡的派出所，那天去我家通知爸爸落水，也就是一直對著爸爸拍照的那位警察叔叔正好在那邊，我坦白的向他說明我們的心意、失敗的記錄和這次的計畫。警察叔叔十分誇讚我和妹妹又孝順又有智慧，馬上找出三張那天拍爸爸落水的照片給我看，我們選了其中一張內容十分豐富的照片，那照片裡有坐在水溝邊衣衫不整狼狽不堪的爸爸、有水中的爸爸的車子、有警車、警察、圍觀的人和媽媽以及我和妹妹，警察叔叔把那張照片借給了我，我拿著那張照片往照相館跑，要照相館老闆把它放大，大到他可以放的最大，我要做一張超大張的生日卡。

爸爸生日的那一天，我到照相館取回放大的照片，妹妹買了漂亮的紙，我們把那張照片貼在紙上，寫上「祝爸爸生日快樂，可是喝酒這麼不快樂」的字，並且自己動手做了信封，然後把它放在爸爸的書桌上。

「真的要送這個噢？」妹妹望著爸爸書桌上的超大生日卡，小心翼翼的問：「會不會傷到爸爸的自尊？」

我仔細的再想了想，真的是慘不忍睹，但是怕傷到爸爸的自尊，爸爸會一直傷自己的自尊，也傷我們的自尊呀！我再次的抽出那張生日大卡片，和妹妹一起看了又看，送嗎？不送嗎？我有點心軟，但很快的我就不再猶豫了，我狠下心決定——送啦！

「妳考慮的也有道理。」我安慰妹妹：「但是，爸爸再喝下去，總有一天，不止是失去自尊，連生命都會失去。」

「如果爸爸生氣怎麼辦？」妹妹還是一臉憂鬱。

「再說啦！」我說：「我們不要等爸爸病入膏肓了才要亡羊補牢，我們得及時搶救。」

「好。」妹妹說：「既然都準備好了，就送吧！」

●

爸爸回來了，還好今天沒有去應酬。我們兩個同懷一個鬼胎的姊妹，抱著滿腔的希望，看著爸爸上樓去，側耳傾聽，想聽出樓上爸爸會有的反應。爸爸上去很久沒有下來，媽媽叫我們上去叫他下來吃飯，妹妹說她不敢上去，我也不想上去，我無法想像爸爸的反應。

「爸，下來吃飯囉！」我站在樓梯口大聲

喊。

再過一會兒，爸爸就下來了，觀察他的表情和平常沒什麼兩樣，倒是我們姊妹顯得坐立不安。我們一家人靜靜的吃飯，氣氛有點不尋常，這幾年因為爸爸不固定在家裡吃飯，媽媽就不幫爸爸過生日了，但我們看得出來菜有比平常豐富了些。我們各自努力，默默的享受美食。

我第一個吃飽飯，匆匆上樓去。我急急的趕到爸爸房間，查看我們的生日卡爸爸看過了沒。我一踏進房門，看不到我們放著的大卡片在爸爸的書桌上，仔細一瞧，爸爸拆開我們的禮物了，那大卡片靜靜的站在爸爸書桌的前方，也就是說爸爸已經看過我們的生日禮物了，是他把它放在書桌上。

我心跳得很快，眼眶有點濕潤，我不知道爸爸剛剛在房間待那麼久，是不是在看這張卡片，他心裡到底有什麼感想？他會不會感到很受傷？

我怕碰到爸爸上來會尷尬，沒待多久就趕快溜到我的房間寫功課去了。

日子一天天的過去，我和妹妹每天去查看那張卡片，那張卡片一直站在同一個地方，那是爸爸一坐下去就會和他面對面的地方。媽媽看到之後，直誇我們做得好，我問媽媽要不要去把那張照片拿回來？媽媽說：「哪有禮物送出去了再收回來的。」說的也是呀！

爸爸一直沒提照片的事，那天晚餐的片刻不自然之後，很快的，他就又恢復往日的和藹可親和風趣幽默了，只是我和妹妹的一顆心一直無法踏實，太期待這個生日禮物的效果了，我們已經江郎才盡，想不出更好的招數了。

一個月過去了，我們沒有聞到過爸爸身上有酒味；兩個月過去了，我們沒有看到爸爸醉醺醺的回家；半年過去了，我們不曾聽到啊嗚的聲音。我們不曾再到路邊去拖爸爸，到樹下去抬爸爸，到河裡去撈爸爸了。

原來，我們的生日禮物超棒的，不是嗎？

5.

親愛的奶娃

1

「大概就是這裡了。」媽媽看著貼在牆上的房屋出租告示，記下房東的電話號碼後，再打量了一下這棟三樓半的樓房，向南看看過馬路另一面的國民中學，向東眺望不遠處的一所小學，再把頭轉到西邊，大約三百公尺外，一家幼稚園光鮮耀眼的大門正望著我們。

「如果能夠順利租到這棟房子，你們兄妹上學就方便了。」媽媽對陪她出來看房子的我說：「在這裡開店，地點也不錯。」

「可是，我們用不到這麼大的房子吧？租金一定很貴。」我說。

提到這個，媽媽皺起了眉頭，憂鬱像惡魔，在媽媽臉上塗上一層詭譎的顏色，我的心被刀子捅了一下。我知道，最近媽媽手頭很緊。不久前的一個深夜裡，爸爸在應酬回家的途中發生車禍，死了。四十歲不到，一向勇健活躍的爸爸變成一罈骨灰，擱在冷冷的納骨塔裡，留給我們的除了傷慟，還有一棟位於高級住宅區，還住不到一年的嶄新樓房，和新樓房的分期付款，以及一些債務。

住宅區在巷弄裡面，不是做生意的好地點，這棟三樓半的房子我們還是租了，房租一個月一萬八，這對帶著三個小孩，又負債的婦人來說，是很大的負擔。但是，媽媽很堅持她的原則——我們上學的便利。還有，她要開的是有格局的「有機食品店」，要有足夠的空間陳列多種商品，店面不能太寒酸。

四月底，五年級的哥哥拉著四年級的我，我拉著剛學會走路的妹妹，妹妹拉著媽媽，我們一家四口手牽手走進了新家。新生活正式開始了，感覺好像有一片汪洋橫在我們面前，媽媽必須充當舵手，獨自駕著一葉扁舟，載著她的三個小孩乘風破浪。可是，這麼嬌小的舵手敵得過風浪嗎？瞧，媽的個子，輕盈、瘦弱得彷彿綁上一根線，就可以當風箏隨風飛到天上。這樣的媽媽，竟然婉拒了阿公、阿嬤和外公、外婆的支援，表示不想拖累公婆和父母，要帶著我們過獨立的生活。我和哥哥都捏著一把冷汗，從來沒有過的焦慮像蛀蟲，蛀蟲進駐我的每一個細胞，整天整夜的讓我感到不安。

我和哥哥辦好轉學手續，進入離新家走路不到五分鐘路程的小學就讀。每當我和哥哥去上學之後，媽媽就騎著機車，載著妹妹，到附近的鎮上或其他大一點的城市，參觀人家的「有機食品店」。媽媽帶著妹妹，帶著筆記本，一家一家用心的觀摩，詳細的記錄，希望蒐集多一點這方面的知識，理出頭緒，做為日後的參考。

過不久，我們的店正式開幕了。

剛開幕的店，東西不多，客人很少，我們過著入不敷出的生活，臨時也找不到零工做，窘境迫在眉睫，媽媽的臉色更沉，腳步更重了，我身上的「蛀蟲」也愈聚愈多，最近有同學喊我「苦瓜臉」。

2

暑假快到了，媽媽有一位當老師的朋友王阿姨，要參加一個暑期進修，王阿姨有一個四個月大的寶寶。有一天，王阿姨來看我們，知道了我們的困境，就問媽媽說願不願意幫她帶小孩，讓她安心去進修。

「是可以，但是妳家離我家這麼遠？」媽媽說：「要找人帶孩子，不必這樣跑二十幾公里路遠吧？」

「可是，孩子讓別人帶，我不放心呀！」我們心裡十分明白，王阿姨是爲了要讓我們有這筆進帳，才要花三四十分鐘開車，把孩子送到我們家，依一般行情算，一個半月的日夜托嬰，要三萬多元喔！這三萬多元對我們來說是一筆大數目。所以，既然王阿姨這麼說，媽媽就很高興的接下這份托嬰的工作了。但是，她很擔心忙不過來的時候，會疏忽了對小寶寶的照顧，我拍著胸膛對媽媽說：「媽，妳放心，我和哥哥一定會鼎力相助的。」

「鼎力相助？」哥哥皺著眉頭問我：「你會帶小孩嗎？」

「天下無難事，不會可以學！」我提醒哥哥：「我們快斷炊啦！」

3

我們的奶娃來了，好可愛、好「龐大」的一個嬰兒，抱起來沉甸甸的。他的乳名叫「培培」。

培培的東西可真不少，衣服、尿布、奶粉、奶瓶、玩具、嬰兒車、小床、小被子，我和哥哥依媽媽的吩咐，把那些東西放到固定的地方，妹妹則在一旁好奇的玩著培培的每一樣東西。

幫我們安頓好培培的一切，王阿姨就走了。培培是一個反應相當靈敏的小傢伙，雖然他媽媽已經帶他來和我們玩過幾次了，一發現媽媽走出我們家，他那張笑得很燦爛的臉龐，還是馬上換成極度的驚慌與不安，就像藍藍的晴空突然被噴上濃煙，大眼睛不停的轉呀轉，看看抱著他的媽媽，看看哥哥，看看我，俯下身去看看正推著他的嬰兒車玩的妹妹，再把烏黑的眸子轉回媽媽的臉上，好像在問：「我的媽媽呢？」

媽媽心疼的笑著對他說：「培培乖，媽媽回家去了，她要去讀書。從今天開始，培培跟阿姨、哥哥和姊姊住哦！」

培培好像聽懂似的，臉上的「濃煙」逐漸散去，視線離開了媽媽，望著門外不停的眨眼睛，吐舌頭，小嘴巴喳巴喳的一張一合，我說他很像金魚，哥哥則說：「可能口渴了，我去弄開水給他喝。」

培培有一張圓滾滾的臉，手腳也都圓滾滾的。他笑的時候，大眼睛閃閃發亮，純潔無邪。「培培真好，無憂無慮的。」我有感而發的說。媽媽說：「你們小時候也都是這樣的呀！」哥哥說：「長大真不好，開始懂得煩惱了。」媽媽說：「長大也很好呀，長大會學到很多東西，長大才能照顧人家，小時候只會讓人家照顧，你說被照顧好呢？還是有能力照顧人家好？」

我們都沉默了下來，我看到媽媽紅了眼眶，心裡又被刀子戳了一下。媽媽一定在爲我們即將面對的辛勞感到不捨。

4

媽媽除了向「有機農場」購買有機蔬菜水果來賣，自己也動手種芽菜，高高的鋼架上，一盤盤綠油油、鮮嫩嫩的各種芽菜，把我們家走廊點綴得綠意盎然，路過的人，有的被吸引住了，就過來買。媽媽一天比一天忙，這是好現象。爲了讓媽媽專心做生意，我和哥哥信守承諾「鼎力相助」，照顧培培的工作，盡量由我們兩個負責，不到最後關頭，絕不向媽媽求助。

「哇！」聽！睡午覺的培培哭了，在隔壁房間寫功課的哥哥和我，同時放下手中的鉛筆，同時

抬起頭跟對方說：「培培哭了。」接著又同時說：「這次換你噢？」

「換你啦！」我對哥哥說：「上一次是我處理的。」

「上一次好像是我弄的。」哥哥不大有把握的說：「看，都搞混了。」

「哇！」培培哭得更大聲了，因爲怕媽媽聽到會上樓來，我和哥哥一塊兒衝到培培的小床邊。

「培培乖，不要哭，哥哥來了。」我掀開蓋著培培的小被子，哥哥的兩隻手像螃蟹的大螯，用力的夾住培培的腋下，往上提。

培培的屁股才一離開床鋪，我們就聞到一股臭味。

「啊！」我們異口同聲的大叫了起來：「培培屙大便了。」

哥哥慌張的把培培擱回小床上，這動作有點粗魯，培培哭得更大聲了。

「媽，」我跑到樓梯口喊了一聲媽，本來想接著喊：「媽妳快來，培培屙大便了。」但我聽到樓下有客人在跟媽媽說話，就把話吞下去了。

我悻悻然的走回房間，怕媽媽聽到培培的哭聲，順手把房門關上。

「怎麼樣？」哥哥問：「樓下有客人噢？」

「嗯，」我點點頭說：「我們自己來吧。」

哥哥遲疑了一下，吩咐我拿尿布，然後俯下身去，溫和的對培培說：「培，乖，你屙便便了哦？沒關係，哥哥幫你換尿布。」哥哥學媽媽，嘰哩呱啦的對著培培說話，培培的哭聲小了。

我抽了一塊尿布，站在哥哥身邊，捏緊鼻子，看他解開培培的尿褲。哇！培培屙了好多大便，黃黃稠稠的，好可怕。我把臉別過一邊去，把尿布遞給哥哥。

「還沒啦！」哥哥說：「尿布放著，先把這包大便拿好，放到樓下屋後的垃圾桶裡。」

「我？」我本來想抗議，我當然抗議，那麼臭的東西！可是，我不拿叫誰拿？哥哥都敢換了，我爲什麼不敢拿？我怎麼可以被一包大便難倒？再說，這工作，以後可能每天都要做。

「好。」說服自己之後，我輕輕的捧起那包大便，往樓下走去。

「順便泡一瓶ㄋㄟㄋㄟ上來。」哥哥抱著換好尿褲，已經停止哭泣的培培跟在我後面喊著。

「噢，」我回頭看了哥哥一眼，簡易的回答他，心裡卻酸了一下。哥哥個子不高，比我瘦，皮膚比我白，氣質比我好。爸爸在的時候，哥哥一直是一位養尊處優的大公子。粗壯魁梧的我，幸好書看多了，多少帶點書卷氣，否則看起來會有一點「草莽」。

如此斯文瘦弱的哥哥，抱著大塊頭培培，顯得有點吃力，硬撐著。泡ㄋㄟㄋㄟ的時候，我一直胡思亂想，那包大便老是闖進我的思緒裡，我的心頭、喉頭，酸酸、嘔嘔的。

5

剛吃過午飯，抱著培培看電視，媽媽說：「培培還那麼小，看太久電視對眼睛不好。」她建議我們：「你們可以用嬰兒車推培培到對面的人行道上走走呀！」這個意見很好，我和哥哥帶著妹妹推著嬰兒車，一起過馬路。過了門口的馬路，就是國中的圍牆，圍牆外就是一條筆直的人行道，人行道依偎著圍牆，長長的延伸著，紅紅的磁磚、整排的行道樹綠葉搖曳，磁磚路上樹蔭片片，既涼爽又漂亮。

培培第一次和我們走出室外，快樂得手舞足蹈，不停的東張西望，啊啊啊的叫著。一輛急馳而過的車子，一個行人，他都會當他們是哪個動物園放出來的動物，直著眼睛看，看到不見車影、人影爲止。在人行道上奔跑的小貓、小狗，更像一條條的鋼絲，吊著他的視線跑，使他興奮得都要站起來了，我們把嬰兒車停在樹蔭下，讓他樂個夠。

培培自得其樂的呀呀大叫，幾乎忘了我們的存在了。妹妹走過來推嬰兒車，應該還跑不穩的妹妹，有嬰兒車支撐，這會兒撒腿就跑，不知道是她推著嬰兒車跑，還是嬰兒車拉著她跑？他們快速的往前衝，我和哥哥在後面追，我們擔心快速度培培會害怕，妹妹會跌倒。誰知道速度愈快，培培愈高興，格格的笑，笑得合不攏嘴來，雙手不停的拍打著他面前的小桌子。

妹妹跑累了，擱下嬰兒車，倚著牆，拍著她那瘦得看得見排骨的胸膛，喘著氣。她好像也很盡興。我接過嬰兒車，用力的把它往前推，同時放下雙手，嬰兒車就像一枚飛彈，咻！的往前衝。嬰兒車的輪子磨擦著磁磚，ㄎㄡㄎㄡㄎㄡㄎㄡ的聲音，和培培格格格的大笑聲，使我們感到很刺激。

我和哥哥輪流操縱著「飛彈」，「飛彈」飛向紅磚人行道的這頭、那頭，那頭、這頭，整條人行道充滿了我們的笑聲，人行道的行人都自動迴避，我們更暢行無阻了。「推呀！」我們一次又一次的推，「飛彈」飛了又停，停了又飛，培培樂得都要爆炸了。第N次「飛」過我們家門口時，媽媽出來喊：「不可以這樣玩啦！會不會危險啊？」我們才帶著一身汗，氣喘兮兮的推著培培，牽著妹妹在紅磚道上漫步。

回到家快三點了，哥哥泡一罐水給培培喝，我把洗碗槽裡的碗洗一洗。洗好碗出來，培培仰著頭在哥哥的懷裡睡了，妹妹也趴在店裡的兩張椅子上睡。媽媽有事出去，哥哥留在樓下看店，我抱著培培，拉著妹妹上樓睡覺。這真是個瘋狂的午後！

6

培培洗澡的時間是下午，培培睡完午覺，媽媽做晚餐之前。培培洗澡的時候像個小王子，小小的浴室除了幫他洗澡的媽媽之外，還會有我和妹妹兩個「隨扈」蹲在門口，幫忙拿毛巾、浴巾、痱子粉、衣服、尿布、褲子等東西。

培培的肉很白很嫩，全身圓滾滾的，屁股圓圓硬硬的，很有彈性，ㄋㄟㄋㄟ有點大，脫光衣服的時候，我會喊他：「小乳豬！」「小乳豬」不喜歡洗頭髮，每次洗澡之前，媽媽都會先幫他洗頭髮，媽媽用浴巾把他的手和身體包起來的時候，他會一直掙扎著，哇哇大叫。這時候，我們這兩個「隨扈」就要趕忙念一些兒歌給他聽，我喜歡自己編歌兒來念：「小乳豬，洗頭髮，乖乖的洗頭髮；洗好頭髮帶你去看花。花園裡，百花開，蜜蜂蝴蝶飛呀飛，飛過來，採花粉；飛過去，釀蜂蜜。小乳豬，咕嚕咕嚕喝蜂蜜，唏哩嘛嚕流鼻涕。」

「小乳豬，洗豬鬃，洗好豬鬃洗澎澎。小乳豬，洗澎澎，洗好澎澎香又香，賣豬肉喔！誰要買，出個好價錢。」

「唉呀！這是什麼歌？又是流鼻涕，又是賣豬肉的。」媽媽笑著說：「你就是會欺負培培。」

然而，培培一點也不認爲我在欺負他，他挺喜歡我編的歌兒，他總是在我念得琅琅上口時停止掙扎，尤其是我念到：「賣豬肉！誰要買？出個好價錢。」時，他更是手舞足踢的哈哈大笑。

我們知道培培愛聽兒歌，從此當他感到無聊的時候，我們就念兒歌給他聽，念小皮球香蕉油、念妹妹背著洋娃娃、念點仔膠黏到腳、念紅龜粿……。

妹妹是個頑皮的「隨扈」，問題也很多，她會向培培潑水，還會試著去挖培培的肚臍眼。媽媽告訴她：「肚臍眼不能挖。」「肚臍眼是做什麼用的？」她問。媽媽告訴她：「肚臍就是寶寶在媽媽肚子裡的時候，與媽媽相連的一條腸子，媽媽從那條腸子輸送營養給寶寶，寶寶發育好了，才可以生出來。寶寶生出來了，那條腸子就喀擦，被剪斷了，肚臍眼就是長那條腸子的地方。」

「妳也是從哥哥和妳相連的腸子送營養給哥哥吃的嗎？」「是呀！」「我呢？

妳也是從妳和我相連的腸子送營養給我的嗎？」「是呀！」媽媽說：「妳和哥哥都是在媽媽的肚子裡成長到某一個程度，媽媽才把妳們生出來的，所以妳和哥哥是『同根生』的兄妹，很親的，要相親相愛喔！」「噢，我明白了。」妹妹用力的點著頭，用力的抱著蹲在她身邊的我，一副很親的樣子，真受不了。她才兩歲大，鬼靈精一個，平時動不動就打我和哥哥，這會兒她應該知道了：哥哥不是生出來讓人家打的。

培培坐在水中看我們兄妹相親相愛，看得眼睛發亮，亮得像兩顆一百燭光的燈泡，他是在羨慕我們的手足情深嗎？

「媽，王阿姨會幫培培生個妹妹或弟弟吧？」我問媽媽。

「會吧，我也不大清楚這個。」

「但願培培能有個弟弟或妹妹。」我們為培培祈禱。

7

我們大都在二樓帶培培。大致上，培培不算是很難帶的奶娃，但是，當他吃飽、睡飽，活動力旺的時候，他會變成一個很不安分的小牛仔，片刻也不讓我們休息，我們得抱著他走來走去。在地板上玩玩具也不好伺候，一下子要這個，一下子要那個，給了這個它要那個，給了那個，他又要這個；玩不到一會兒，就開始亂丟亂扔，我和哥哥忙著撿，一人丟兩人撿，還撿得滿頭大汗呢！

這天晚上，剛洗好澡，肚子也填得飽飽的培培，精力百倍的由我和哥哥陪著他玩。哥哥陪他的時候，我下樓去洗碗，我陪他玩的時候，哥哥去樓上晾衣服或收衣服。我們做完各自負責的家事，就一起在二樓鋪著安全地毯的地上，陪培培玩玩具，每一樣玩具都玩遍了，已經快九點了。

「哥，你去泡牛奶。」我抱起玩完所有的花樣，坐在地上，皺著眉頭正準備發飆的培培，對哥哥說：「玩這麼久了，培培該睡了。」

「你去泡啦，上次是我泡的。」哥哥說。我們都不大喜歡泡牛奶。

「哪有？上次是我泡的，怎麼是你？」我說。

「他剛剛喝水明明是我弄的。」哥哥語氣雖然溫和，但聽得出來他很堅持。

「現在泡的是牛奶。」我不耐煩的吼著。

「噢，牛奶。」哥用一副煩死了的態度，拉開嗓門，正要大聲叫起來，又想到什麼了，壓低聲音對我說：「你去泡啦，拜託，我好累！」

我看哥哥真的是一副疲憊不堪的模樣，想到昨晚培培半夜醒來，都是哥哥抱他、陪他玩，不知道玩到幾點。那時我也有醒來，也有要陪他玩，哥體貼的對我說：「你睡啦，我來跟他耗。」哥一定是一夜沒睡好，真的累了，我心一軟就對他說：「好吧，我去泡。」

我匆匆忙忙的把培培擱回床上去，轉身要往門外走去，大概是剛剛的爭論使我分心了，我竟然是把培培擱到床沿上，我一離開，培培一個重心不穩，就像不倒翁那樣，身體往外一歪，滑下床去了。

「啊！」哥壓低聲音大叫了一聲，我回過頭來，正看到培培往下跌，心臟差點停止跳動，還好培培跌到床下一堆坐墊上，哥哥抓到他的手臂。

「哇！」培培驚慌的張大眼睛，眼看著一陣「巨響」就要衝出他的嘴巴，說時遲那時快，哥哥以迅雷不及掩耳的速度，伸手摀住培培的嘴巴，即將奪嘴而出的聲音，被壓了下來，原本該是爆破似的「巨響」，變成悶悶的嗚嗚聲。

「哥，你做什麼？」我過去推哥哥的手：「你要悶死他啊？」

「不能讓媽媽知道培培從床上跌下來。」哥哥繼續摀著培培的嘴巴，一本正經的說：「樓下有客人，你趕快把牛奶泡上來就是了。」

「不要摀到他的鼻子，」我拍拍奮力掙扎的培培說：「哥哥去泡牛奶了，乖喔！」

我往樓下跑的時候，看到哥哥抱著培培往樓上衝，我明白，哥哥要把培培抱到四樓，四樓有陽台可以玩，在四樓培培的哭聲也比較不會傳到樓下，媽媽就不會被嚇到，哥哥真聰明。

我把泡好的牛奶拿到四樓，哥哥抱著培培倚著牆坐在地上，他的手還輕輕的摀住培培的嘴巴，培培悶聲的哭著，彈珠大的淚珠不停的往下滑，紅通通的臉蛋兒濕答答，胖胖的手腳使勁兒的甩著、踢著。

「來，來，培培乖，吃ㄋㄟㄋㄟ。」哥哥放開手，我趕快把奶瓶的奶嘴塞進培培的嘴裡。盛怒之下的培培並不領情，氣憤的推開奶瓶，拉開嗓門，又要大哭了，哥哥再次摀住他的嘴，我再次推開哥哥的手，把奶嘴硬插進他的嘴裡。

「培培乖，吃ㄋㄟㄋㄟ，哥哥表演孫悟空給你看喔！」我把奶瓶交給哥哥，站起身來拉拉褲頭，半蹲著雙腳，翹起屁股，兩手擱到兩耳旁，擠眉弄眼的表演孫悟空。培培含著奶嘴，看我一轉眼就變成另一種動物，哭聲漸漸停歇了，哥哥動著奶瓶引誘培培吸奶。大概是我表演得太精彩了，培培竟然看得入神了，顧不得掉眼淚也忘了要吸奶，帶著一臉的淚水，很專心的看，我表演得更賣力了，培終於露出了笑容，吃吃吃的笑出聲音來。

「培培乖，吃ㄋㄟㄋㄟ。」我有點累了，便停止表演，蹲到哥哥身邊，哄培培吃奶。誰知道我才一停止表演，培培便有點不高興的拉下了臉，又要哭了。

「好好好！哥哥再表演。」我站起身來繼續表演。

培培看著看著，一高興便開始吸奶，一邊吸一邊看表演，看到樂極了還會把奶嘴吐出來，呵呵呵的笑幾聲再繼續吃。天啊！我要表演到什麼時候？

我心裡不停的默禱著：「我的小祖宗，饒了我吧！」

8

「要記得把培培沒喝完的牛奶喝掉喔！」媽媽要我們把培培沒喝完的ㄋㄟㄋㄟ喝掉，我和哥哥都很怕這份差事，感覺好像在喝培培的口水。第一次要接這份差事時，我向媽媽提出強烈的抗議，可是媽媽說：「牛奶耶，多麼好的東西，倒掉不是很可惜嗎？」我就閉著眼睛捏著鼻子，咕嚕一聲灌下去，妹妹則和我們相反，她喜歡直接拿著培培的奶瓶喝。

餵好培培吃奶，已近黃昏時刻，日頭不再那麼猛烈，我對哥哥說：「我們推培培出去逛街。」哥哥說：「街上噢？」「不是。」我說：「去小巷子裡逛，巷子裡車比較少，還有很多小狗，培培不是愛看狗嗎？」

我們伺候培培坐上嬰兒車，告訴他要帶他去逛街，他好像聽懂似的，舉起雙手啊啊叫。妹妹搶先奔出店門，媽媽叮嚀我們要小心。在店裡買東西的一位阿姨，看我們要帶妹妹和培培出去玩，笑著對我們說：「你們帶得不錯喔！」我們笑一笑沒回答，媽媽趁機誇獎我們：「都是他們在帶，帶得很好，不用我操心。」

「難得一對好奶哥。」阿姨說：「夠得上職業水準呢！」

另一位客人接著說：「以後叫你們『職業奶哥』好了。」

我們不置可否的笑著離開家門。

「職業奶哥？我才不要！」我說：「我們又不是永遠要幫人家帶小孩。」

「那麼，臨時職業奶哥，好不好？」

「好呀！」我說：「真希望一個半月趕快過去。」

小巷子裡是對著的兩排三層樓住家，住的大都是上班族，這個時間，他們正陸續的下班回家。每一戶人家都有一個小小的院子，矮圍牆內，有的停著機車、腳踏車，有的種著花草。有一隻小花貓趴在矮圍牆上，懶洋洋的望著我們看，妹妹快樂的指著小花貓，對培培說：「培培，看！貓咪。」培培看到貓咪，興奮的尖聲大叫，貓咪嚇了一跳，跳回院子裡去了，培培莫名所以的繃緊了臉，望著已經跑老遠了的妹妹看。

「培培，那裡有隻狗。」哥哥發現前面幾個小朋友的身邊跟著一條狗，他把嬰兒車推過去，培培看到狗又開始激動了，他在座位上一直企圖跳起來，又是叫又是笑的，哥哥說：「又是一個狗神來投胎的。」這是以前阿嬤常說我們的話，我們也愛狗，看到狗也會哇啦哇啦叫，阿嬤看到了就會說我們是狗神來投胎的。

「噗……」背後傳來機車聲，我們趕緊讓一讓，機車在我們身邊減速，我抬頭一看，原來是剛剛在我們店裡的那兩位客人。我跟她們揮揮手道再見，她們用讚許的眼神看看我們，看看培培，朗聲的跟我們說：「再見，職業奶哥。」「阿姨再見！我們是客串的！」我們快樂的回禮。

「職業奶哥」?!晚上躺在床上，我一直重複的咀嚼這個頭銜：「職業奶哥」呵呵！

那晚我夢見爸爸，我對他說：「爸爸，你知道嗎？你的源源和哥哥變成職業奶哥了。」

爸爸沒有回應我什麼，爸爸的身體燒成灰了，可是他的靈魂呢？爸爸的靈魂在哪兒？

9

媽媽都是利用下午客人比較少的時段出去補貨，這段時間，培培和妹妹大多在睡午覺，店由我和哥哥顧；他們不睡午覺的日子，我們就得顧店、帶妹妹，抱著培培到樓下，一邊當店員一邊當奶哥。店裡擺著各式各樣的貨品，空間很小，我們讓培培坐在嬰兒車裡逗他玩，或者和哥哥輪流抱著他看電視。讓他躺在搖籃裡，一邊搖他一邊看電視是最輕鬆的時候。

以前聽阿嬤念：「七坐、八爬、九發牙。」意思是說嬰兒到了七個月就要會坐，八個要會爬，九個月開始長牙齒。可是，才五個月大的培培就有長牙齒的跡象，很喜歡咬東西，咬玩具、咬衣物、咬奶瓶的奶頭，有時候還會抓著我們的手指頭咬，談不上痛，癢癢的，就讓他咬個夠吧！培培煞有介事的咀嚼著，嚼不出什麼好味道，就會吐掉手指頭，像是絕望透頂了那樣，哇一聲，驚天動地的哭了起來。

「怎麼了？是你自己要咬又不是我叫你咬的！」我對他說。

「源，你看培培的表情，好像被騙了，很憤怒的樣子。」哥哥一邊哄他，一邊對我說。

可不是嗎？培培很少這樣拉開嗓門哭的，尿布濕了或肚子餓了也不是這個表情，一臉憤怒，分明就是對受騙的一種抗議。

「連這麼小的孩子都不喜歡人家騙他，可見愛騙人的人是很討人厭的。」

「嗯，」哥哥說：「你趕快去找一樣有味道的東西來讓他咬吧！」

「噢，」我跑到廚房泡了一瓶加了葡萄糖的水來，對培培說：「甜甜的水喔，培培咬這個。」

培培大概哭得口也乾了，一抓到奶嘴就用力的吸了起來，尤其是嚐到甜味之後，更是大口大口的猛吸，帶著一臉的淚水，一臉的委屈，吸著吸著，他瞇著眼睛就要睡著了，看似睡著了，卻又深深的換了口氣，好像在歎氣。「他爲什麼會這樣子歎氣呢？」「是感到無奈嗎？」「或許他真的是有感而發呢！」我忽然覺得培培好可憐，爸爸、媽媽爲了上班、上課，把他丟在這邊。

但是，培培的爸爸、媽媽總是會來帶他回去的，而，我到哪裡去帶我的爸爸回來呢？我緊緊的摟著培培，不忍心把他擱到冷冷的搖籃裡。

10

我們從七手八腳到快要得心應手時，一個半月到了，媽媽說阿姨下午就要來帶培培回去。我真想大聲歡呼，可是，又有點捨不得他走。

「可不可以帶到我們開學？」我問媽媽。

「不可以啦，人家阿姨上完課了，她也想和兒子相處幾天啊！」說的也是，我拖著沉重的腳步，一步一步的爬上二樓，走進房間，坐到培培的小床邊。培培和哥哥、妹妹都還在睡覺，昨晚十一點多我要睡了，他們還在玩，也不知道他們玩到幾點？今天不睡到十點，我看沒有人會起床。

培培仰著身子，敞開兩腿睡，圓滾滾的臉上，好像帶著很多疲憊。這幾天，因爲分別在即，我們都會情不自禁的和他多玩一會兒，卻讓他感到疲憊了，真是對不起啊！我輕輕的摸摸他烏黑的頭髮，摸摸他的臉頰，拉拉他肚子上蓋著的一條小被子。對了，我該摸摸他的尿片，看他的尿片濕了嗎？嘿！還乾乾的，大概媽媽有上來幫他換過，或者因爲玩太累，累到忘了尿尿，這也不是不可能的事情。

我俯下身親了一下培培的臉頰，他像被電到一樣動了一下，雙手揮一揮又睡了。培培是個沒有煩惱的小小孩，我在他這麼大的時候，也是個快樂的小小孩，我不知道煩惱是什麼，也不懂如何憂愁，不明白每天吃的喝的是怎麼來的，不了解大人世界的辛苦，不知道苦難有時候是一下子就降臨的。在像培培這麼大的時候，甚至更大了，我一直不認爲電視上播出的那些意外事件，有一天會發生在我的親人身上，而且是那麼的嚴重，嚴重到只是一夜之間，我們就從一個人人稱羨的甜蜜家庭，變成如此艱辛的單親家庭。

厚厚的窗帘遮蔽了窗外的豔陽，見光會自動熄滅的小夜燈還亮著，房間裡一片寧靜溫馨，沉睡中的哥哥、妹妹和培培，看起來那麼安詳，好像正徜徉在另一個無憂無慮的世界裡。只有我，醒著的我，腦子裡千頭萬緒，離別讓我想到了爸爸，爸爸還沒離開我們時，我幾乎沒有嘗過離別的滋味，爸爸一離開就再也回不來了，這讓我無法接受，讓我害怕離別。

爸爸過世之後，我不只一次在心裡喊爸爸，在老家喊爸爸，在阿嬤家爸爸從前睡的房間裡喊爸爸，在外公家爸爸最喜愛的果園裡喊爸爸，對著夜晚的穹蒼喊爸爸，我在夢裡喊爸爸。可是，爸爸從來沒理過我，連在夢中與我照個面也沒有。

永遠難忘，去年暑假，一年到頭忙碌的爸爸，開車帶我們全家做了一趟花東之旅，看了風景、洗了溫泉、吃了大餐、買了我們喜愛的東西，那是一次愉快的旅行。回程的途中，爸爸對意猶未盡的我們說：「你們喜歡的話，明年暑假我們可以再來呀！」

爸爸不知道，「明年暑假」他已經不在人間了。爸爸不知道、媽媽不知道、阿嬤不知道、外公、外婆也不知道，連他最親愛的孩子們都不知道，全世界沒有一個人知道，爸爸活不到「明年暑假」。生命是多麼脆弱、多麼奇妙的現象啊！媽媽呢？我們如今唯一的依靠，但願她長命百歲，帶我們長大，讓我們陪她到很老很老。

「嗯！」培培嗯了一聲，同時張開了眼睛，看到我趴在他的小床欄杆上，馬上露出甜蜜的笑險，一副睡得飽精神好的模樣。我輕輕的抱起了他，走到浴室，幫他洗了洗臉。

啊！好一朵亮麗的花，我親愛的奶娃，我熱情的在培培的臉頰上親了一下又一下，培培大概感受到我的愛，竟然也很激動的抱著我的頭，把小嘴湊到我的臉上，咬我，一口又口，哈哈！我開懷大笑了。

起先我高興原來培培也這麼愛我，接著我懷疑培培是不是肚子餓了，把我的胖臉當成大饅頭？我笑得正起勁的時候，媽媽剛好上樓來，我笑著指著我的一臉口水，對媽媽說：「媽，妳看，培培給我的禮物。」媽媽淺淺的笑了一下，從我手中接過培培的時候，語重心長的對我說：「源，謝謝你的鼎力相助。」這……我沒想到媽媽會這樣說。

這時，心中一股強烈的酸楚迅速往上湧。我轉頭跑上四樓，站在陽臺上，望著無垠的天空，讓淚水盡情奔放，心中高聲的喊著：「爸爸！爸爸……」

6.

我家有個燕子窩

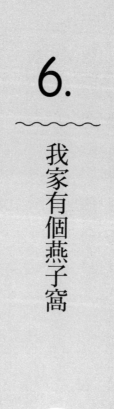

放學了，學校門口像個螞蟻窩，陸續走出校門的小朋友像急著要出任務的螞蟻，快速的湧出洞口，向四面八方散去。

初夏午後四點的陽光，暖暖的照著狹窄的街道和參差不齊、高矮不一的建築，路上的行人來去匆匆，各類商店的生意顯得冷冷清清，只有路邊幾個小販帶著淺淺的笑臉，在期待一筆小小的買賣。

有的小朋友歸心似箭，跨著大步趕路回家，有的一邊走一邊玩，有家長接的小朋友坐著機車或轎車，呼嘯而過。林宇凡和同班的鄰居張育凱一起步行回家，步伐比任何人都急都快，汗水濕透了白上衣，身材胖嘟嘟的育凱，更是一路「呼！呼！呼！」的喘個不停。

「不要走那麼快啦，宇凡！」育凱快受不了了，大聲的喊著。身材瘦小矯健的宇凡還是有如射出去的弓箭，一路直直的往前衝，大書包在背上蹦呀蹦呀！

「我得趕快回家，我一整天都在擔心我們家的燕子。」宇凡一邊快速前進，一邊回頭對跟在他後面慢跑著的育凱說：「昨晚我爸說他要除掉我家屋簷下的那兩個燕子窩！」

「你們家的燕子窩？」育凱卯足了勁兒跟上宇凡，一臉不解的說：「你們家屋簷下的燕子窩不是已經好幾年了嗎？你爸不是一直都沒意見？」

「哪裡是沒意見？我爸爸喜歡安靜，尤其是他在思考問題的時候，一根針掉在地上他都會抓狂。」宇凡說：「他之前就很討厭那些燕子，常常要把牠們趕走，每次都是在我求了老半天之後，才留下那些燕子的。」

「這次又怎麼了？」

「昨天早上我爸要上班時，一隻燕子把大便屙在我爸的頭上了。」宇凡說：「大便耶！你不也知道我爸有潔癖！」

「我也有過這樣的經驗呀！」育凱說：「鳥兒又不是故意的，鳥大便就那麼一點點，擦掉不就是了。」

「那是你的想法，據說我爸氣得直跳腳，一邊罵一邊跳到樓上洗頭，我阿嬤說他幾乎洗掉一整瓶洗髮精，還一直嚷著頭上還有鳥大便。」

「哈哈！」育凱忍不住笑了起來，他說：「你爸爸真是小題大作，他一定恨不得把所有的頭髮剃光。」

「有可能。」宇凡也咧著嘴笑著說：「我爸挺愛漂亮的，他那頭烏黑的頭髮平時都洗得香噴噴、油亮亮的。」

宇凡和育凱家是位於小鎮近郊的一個社區，從街上的大馬路彎進一條小巷子，出了小巷子，眼前豁然開朗，看到的便是一大片田野，田野中有一排坐北朝南的樓房，自成一個小社區，這個小社區共有十二戶人家，每戶人家的走廊都擺著各種各類的花木盆栽，別有一番美麗的景觀。

走進這一排樓房的騎樓下，除了可以欣賞到綠葉紅花，抬頭一看，還會有一個意外的發現，那就是騎樓下有很多燕子窩。那些燕子窩大都是築在屋簷的四個角落裡，也有少數築在其他地方的。有的人家的屋簷下築了兩個燕子窩，有的三個，最旁邊那一戶人家的屋簷四個角落都有燕子窩，大多數築一個，屋簷下沒有燕子窩的，只有兩三戶人家。宇凡家屋簷下有兩個燕子窩，分別築在屋簷前面的兩個角落裡；有一個燕子窩是長形的、一個是圓形的。

清明節的腳步聲已近，天氣漸漸暖和了，遠去的燕子陸陸續續的飛回來；

燕子們飛回來，這裡的屋簷下就熱鬧了。有的燕子住進原來就有的巢裡，有的燕子辛勤的啣泥築新巢。燕子一趟又一趟的為築巢而忙，小小的身子，單薄的翅膀，在豔陽下飛翔、在風中、在雨中來回奔忙。之後燕子媽媽開始下蛋、孵蛋了。過不久，那一個溫暖的窩裡，就開始出現一隻隻小可愛在窩裡探頭探腦、吱吱喳喳的等爸媽覓食回來。

●

回到家門口了，宇凡衝到廊下，抬頭看看屋簷下，燕子窩好端端的在那裡，便放心的笑了。雖然還弄不懂爸爸是在說氣話，或者是還沒有時間處理，只要現在擺在眼前的是兩個完整的燕子窩，這就夠令人高興的了。

他們笑咪咪的站在屋簷下看燕子，燕子窩裡的小燕子，排排站的擠在窩邊，個個露出頭、張大嘴巴吱吱喳喳的。

「小燕子餓了！」育凱仰頭望著那些燕子，喃喃的說：「燕子媽媽怎麼還沒回來？」

「沒有找到食物怎麼回來？」宇凡說：「牠們也有可能正在回巢的途中。」

「唉！」育凱目不轉睛的看著小燕子。小燕子越站越靠近窩的邊緣，育凱看得心驚膽戰的，他伸出肥肥的雙手，想當充氣墊，接住隨時都有可能往下掉的小燕子。

「育凱，你看！有燕子爸爸媽媽回來了。」走出廊下，在小路上等燕子媽媽回來的宇凡興奮的喊著。育凱一轉頭，果然看到不遠處，幾隻大燕子正卯足了勁兒往這邊飛來。他們不確定那幾隻大燕子是哪一家小燕子的媽媽或爸爸，但是他們很高興有的小燕子有食物吃了。

「啪啪啪！加油！」「啪啪啪！加油！」他們用力鼓掌，為那幾隻燕子加油打氣。其中的一隻大燕子飛到宇凡和育凱身邊，稍微盤旋了一小圈，好像在感謝他們的掌聲，然後快速的飛進牠的窩裡，把嘴裡銜著的食物擱進一、二隻燕子的嘴裡之後，又匆匆轉身飛出去了。窩裡沒吃到食物的幾隻燕子，叫得更大聲了。

「我們去拿米來餵牠們。」育凱建議：「幫燕子媽媽的忙。」

「不用啦！」宇凡望著小燕子說：「牠們的爸媽會餵飽牠們的，我們得趕快去寫功課了。」

「對喚，寫功課！」育凱趕忙往家裡走去，一邊走一邊喃喃自語：「能夠送燕子媽媽一架小小的運輸機就好了，這樣牠就不用辛苦的來回奔波啦！」說完格格格的笑得好開心。

「能夠安心的住下來就很好了。」宇凡進屋子之前，望著燕子窩合掌祈禱了一下：「菩薩保佑，讓爸爸忘掉他『頭上的大便』，忘掉！忘掉！」

●

吃過晚飯，爸爸刷刷牙、擦擦嘴巴，輕輕的打著嗝往門外走去，依慣例，他要去附近的田邊小路上散步。走到廊下，抬頭望了一眼吱吱喳喳的燕子，低頭看了看地上擺著的，專門接燕子大便的大水盤，水盤裡有好幾坨大便。阿嬤都是早上清理那些大便的。爸爸看了看那些燕子大便，下意識的摸摸頭髮，皺了皺眉頭，輕聲的嘀咕著：「這些煩人的東西，身體那麼小，大便那麼多。」說完面向著屋子裡，大聲喊著：「小凡的媽媽呀！拿一支竹竿來給我。」

還在吃飯的媽媽，停下扒到嘴邊的飯，往坐在一邊的宇凡看；阿嬤也一邊咀嚼一邊看著宇凡。宇凡心裡感覺不妙，用力的嚥下嘴裡的飯菜，擱下碗跑到爸爸的面前，假裝糊塗的問：「爸，你要竹竿做什麼？」

「打掉這些燕子窩呀！你看，大便那麼多！」爸爸語氣堅決的對宇凡說：「你去拿。」

「……」宇凡嘴巴張得大大的，遲遲的說不出話也合不攏嘴來，他剛剛還以爲爸爸只是在說氣話，如今箭在弦上，該怎麼辦？宇凡不想頂撞爸爸，但燕子實在很無辜。於是，他懷著忐忑不安的心，硬著頭皮向爸爸撒嬌：「爸，不要動燕子的家嘛！你看，燕子媽媽在餵小燕子吃東西，好溫馨的畫面，是不是？」

「讓牠們到別的地方去餵吧！我已經忍受牠們好久了。」爸爸很不耐煩的說。爸爸認爲這些燕子除了吵鬧、亂大便之外，根本沒有任何益處。這幾年來雖然自己不愛，但孩子喜歡就隨緣讓牠們住在這裡，現在牠們竟然把大便屙到他的頭上來了，真是欺人太甚，不把牠們弄走實在難消心頭的氣。

「可是，爸爸，燕子築一個窩要好久哪，你把它打掉，臨時要牠們住哪裡呢？」宇凡小心翼翼的對爸爸說：「去一個新的地方，牠們還要重新築巢，很辛苦的。」

「喂！林宇凡！」爸爸生氣了，雖然他知道兒子說的也有道理。鳥兒築巢辛苦，父母親賺錢就不辛苦嗎？最近公司的狀況像一艘行駛在暴風雨中的小船，飄搖不定，眼看著再來一個浪頭就要完蛋了，他怕家人擔心而悶在心裡沒說出來，這又有誰能夠體諒？

「現在的孩子真是不懂事，把心思用在那些小動物身上，一點也不想想父母的處境，真是不知天高地厚！」他望著宇凡，心裡這樣想著。

「好啦，爸爸，不要趕走牠們啦！」宇凡跳著腳撒嬌。

「是魚就該住在水裡，是鳥就該住在樹林裡。這些燕子放著大片的山林不住，來打擾我們的生活，而你常常為了這些燕子跟我喋喋不休，煩不煩啊？」爸爸的音域寬厚、宏亮，說起話來鏗鏘有力，威嚴十足，讓宇凡一時不知怎麼回答。想到接下來是必須「去拿一支竹竿」，真是好為難。

「快去拿呀！後面空地上不是有一支竹竿嗎？」爸爸頻頻的催促，一副絕不妥協的模樣，一定要把燕子窩清除掉，要不然哪一天又要被屙大便在頭上，他越想越覺得很噁心哪！

「……」宇凡還是裹足不前，在他的心目中，燕子實在是可敬可愛的小動物，他又怎能見死不救呢！宇凡決定跟爸爸奮戰到底。

他嚥了口口水，鼓起勇氣，提高聲音，帶著有點囁嚅的語調對爸爸說：「爸，你…你…你記得美國的…九一一…恐怖事件吧？那…那…個賓拉登……」

「啊?!」聽到賓拉登，爸爸沒等宇凡說完話，就睜大眼睛，用咄咄逼人的氣勢問他：「你說我是賓拉登？」

「我……」宇凡本來要解釋，他想說的是：受到賓拉登攻擊的人很無辜，燕子們若受到攻擊也一樣。但看爸爸那副嚴肅的表情，他又把話吞下肚了。

「燕子是燕子，人是人！」爸爸大聲的嚷著。他心裡真是感到好氣又好笑：「我這個兒子怎麼把我比成賓拉登了？我清理燕子窩有那麼恐怖嗎？」

宇凡暗自思考著，接下來要用什麼話來說服爸爸才好？他覺得該說的話都已經說了，而且爸爸在眼前等他去拿竹竿呢！他只好硬著頭皮，結結巴巴的說：「就算是…就算是政府要一個村莊遷到別的地方，也會…也會給一段時間準備呀！」

「給一段時間？」爸爸明白了，宇凡把燕子當做人一般看待，不同於自己眼裡的燕子「只不過是畜生」，這樣的情形要溝通圓滿實在很難。他決定改變戰略，轉了一下腦筋，鬆了一鬆臉上的神經，緩和一下表情，微微的點點頭，彎下腰來，對宇凡說：「那，就給牠們一點時間遷村好了。」

「遷村？」宇凡表情木然的眨了眨眼。他覺得讓燕子遷村很好笑，黏在屋簷下的窩怎麼遷？

「爸爸好厲害！」宇凡心裡想：「我只不過是打個比喻，他馬上用這話來敷衍我。」宇凡感到很茫然。

爸爸沒等宇凡回答，就酷酷的邁開腳步散步去了。

「爸爸還是要毀滅燕子窩的。」宇凡沮喪的望著爸爸的背影自言自語：「唉！這一次搶救這些燕子窩必定是一場苦戰。」

「燕子在人家的屋簷下築窩，難道是錯誤的嗎？」宇凡仔細的思考：「可是，不也有人認爲自己家的屋簷下有燕子築窩，是很好的事嗎？」宇凡覺得越來越搞不懂爸爸。當然，他也明白關鍵在那坨大便，但那實在太沒道理了。

●

這個週休二日的活動，媽媽計畫星期六要大掃除，星期日回鄉下探望外公外婆。

星期六早上，他們全家四個人一起動手，掃的掃、洗的洗、擦的擦、拖的拖，很快的，樓上樓下都整理得乾乾淨淨了。結束工作之前，爸爸對他們說：「你們去休息，我去清理那些燕子窩。」

「爸，」宇凡大叫了起來：「對不起，遷村的期限還沒到！」

「林宇凡！」爸爸也提高嗓門說：「我可沒說期限多久喔！遷村需要一年那麼久嗎？」

「可也不能只有幾天的工夫啊！」爸爸擺明了要跟他攤牌了，宇凡忍不住激動的說：「爸，你真是太不講道理了啦！」

「把大便屙在人家頭上，就講道理嗎？」爸爸說。

宇凡耐住焦躁的情緒，緩和了一下口氣，對爸爸說：「燕子築巢的辛苦，請你仔細體會一下，牠們一趟又一趟的飛進飛出，一趟來回只能靠牠的小嘴巴啣一根草一小塊泥，再用牠們的唾液，一點一滴的黏上去。所謂嘔心瀝血，你怎麼忍心打掉牠們的窩呢？」

看小個兒兒子那堅持、認真的模樣，跟自己的個性實在很像，爸爸有點心軟了，口氣溫和了些，但他拉不下臉跟兒子妥協，何況那大便真的很討厭。

「為了顧全環境衛生，燕子必須另外找地方築窩去。」爸爸的表情沒有之前那麼可怕，但口氣還是很堅決。

媽媽正要開口說話，電話鈴聲響了，爸爸去接電話。原來是有朋友找爸爸一起去吃中飯，爸爸擱下電話就要上樓更衣，這麼一來，他就沒有時間清理燕子窩了。宇凡好感謝這通及時到來的電話。

「哈！哈！哈！」宇凡有獲判無罪的心情，心情一鬆懈，就調皮的衝著爸爸哈哈大笑，爸爸回頭望了一眼兒子可愛又可氣的表情，朝他做了一個鬼臉，一臉詭譎的對他說：「我等一下回來還是會弄。」宇凡溫潤的心又被揪了一下。

「宇凡，」爸爸開著車走了，媽媽對宇凡說：「你不要再和爸爸爭了，讓他把燕子窩清一清，這樣我們家走廊比較乾淨。」

「也沒什麼不乾淨呀！阿嬤不是都會在鳥窩下擱一個水盤嗎？鳥大便都大在那水盤裡，一天沖一次水就行了。」宇凡說：「有的人養寵物不也是都有大便的問題嗎？」

「可是我們家爸爸不願意，他不願意就算了，」媽媽一邊理著她那頭烏黑的長髮，一邊說：「那兩個燕子窩不除去，爸爸每天都在擔心會不會又被屙到大便。」

「媽，妳都不支持我！」宇凡噘著嘴說。

「我一向支持你呀，但是，你爸也忍受牠們好幾年了。」媽媽說：「不要爲了一件小事和爸爸爭戰不休嘛！」

「這是大事不是小事！」宇凡翻了翻白眼，說：「有關燕子生死存亡的事，生死存亡的事怎麼可以說是小事呢？」

「爸爸只是要清理燕子窩，沒有要打死燕子。」媽媽笑著說。

「那還不是一樣？」宇凡說：「小燕子那麼脆弱，一下子沒了窩，叫牠們怎麼活？」

在一旁的阿嬤默默的聽著這一對母子的對話，笑瞇著眼說：「你們父子倆爲了燕子窩爭論不休，真有趣。」阿嬤說：「你爸爸從小就愛乾淨，小時候也曾經被小鳥屙大便在頭上，哭了好久，我幫他洗頭，洗了又洗，他才肯罷休。」

「真是誇張！」

「個人的習慣啦！」

「……」宇凡不吭聲了，心裡還是在盤算著：「我要怎麼樣幫燕子們躲過這場劫難。」

●

晚上，超過十點的上床時間了，爸爸還沒回來。爸爸沒回來，宇凡躺在床上怎麼也睡不著。

爸爸回來已過十一點，四周一片寂靜，也大概太累了，就沒處理燕子窩。

第二天早上，爸爸頭髮梳得油亮亮，衣冠齊整的準備好要和媽媽、宇凡一起到外公家。當爸爸和宇凡在走廊等媽媽的時候，爸爸看到宇凡伸長脖子，興致勃勃的望著那些燕子窩。這時候的燕子窩十分寧靜，大燕子出外去，小燕子還在睡覺。

爸爸猛然想起他昨天跟宇凡說過，回來一定要處理燕子窩的事，怎麼到現在都還沒動手呢？他心裡想：「我若再不動手，這小鬼會以爲我妥協了。」想到這裡，爸爸自己走到屋後的空地裡去拿長竹竿。

「先象徵性的破壞一下，下午回來再清理。」爸爸心裡想：「也算是給燕子們一個通知，牠們可以利用時間遷到別的地方去。」

「爸！你怎麼又來了！」宇凡看爸爸自己去拿長竹竿來了，感到事態嚴重，他心慌得不得了，那燕子窩是草結泥塑，十分脆弱，三兩下就可將它打成一堆爛泥，這可怎麼辦才好？這時，打扮得一身亮麗的媽媽走下樓來，宇凡趕忙跑過去向媽媽求援。

爸爸拿著長竹竿，遲遲的沒有出手，他小心翼翼的，怕弄髒一身潔淨的衣褲。媽媽走到爸爸身邊，對他說：「何必急嘛！打下一堆塵土弄髒衣服怎麼辦？」

爸爸移開竹竿的時候，發現宇凡一臉哀怨的望著他，心軟了一下下。其實，眼前這個小巧、秀氣、精明的小男生，一直是他的心肝寶貝，他可以把自己所有的一切都給他，如今怎麼會爲了兩個燕子窩的問題不肯罷休呢？事實上也「只不過是兩個燕子窩」罷了，並不是什麼大事呀！

「唉！」爸爸輕輕的歎了口氣，把竹竿倚在牆邊，走向車子去了。

「總不能叫我舉白旗吧？」爸爸把車開過來，心裡還在嘀咕著：「做父親的可以這麼輕易的放棄原則嗎？」

上了車，宇凡一直悶悶的坐著，他好嘔！爸爸真的是非除掉那些燕子窩不可呢！他絞盡腦汁的思考著所有能說服爸爸的理由。

窗外是一片翠綠的田野，在陽光下閃爍著明亮的光。

「爸爸……」宇凡嘗試著對握著方向盤的爸爸說：「以前我跟你說過要養寵物，你還記得嗎？」

「嗯！」爸爸點點頭說：「記得呀！你不是養過八哥鳥的嗎？」

「八哥死了呀！」宇凡問爸爸：「我可不可以認養小動物？」

「哦？」爸爸問：「你想認養什麼小動物？」

「燕子。」宇凡說：「我要認養我們家屋簷下的燕子。」

「噢！兒子，你是不是吃到番鴨蛋了？一直番個不停？」爸爸有點不耐煩，但口氣似乎不像之前那麼衝了。

宇凡細心的察顏觀色，他明白「知己知彼百戰百勝」之道。

外公家到了，爸爸用力的轉著方向盤，把車從窄小的路上，彎進外公家的大院子裡。

外公家是那種可以當古蹟供人觀賞的典型三合院古厝，院子大到可以同時停六部轎車還綽綽有餘，還有兩棵並列著的大榕樹。爸爸把車停在榕樹下。聽到車聲，外公外婆出來迎接他們了。

外公和外婆是半退休的農夫，七十好幾了。走進屋裡，外公、外婆首先關心爸爸的工廠，趁他們在聊公事的時候，宇凡走出屋外，忙著在外公家的屋前屋後尋找燕子窩。他記得外公家也有燕子窩。

不一會兒工夫，宇凡就找到了一、二、三、四、五、六，哇！有六個燕子窩耶！有四個是聚在一起的，其他兩個各在一個角落。那些燕子窩都是半碗形狀，最邊緣的那個是長形的，像個隧道。宇凡靜靜的觀察那些燕子，越看越有趣，過一會兒，他便跑到屋子裡，跟爸爸媽媽說：「那邊屋簷下有好多燕子窩，至少六個喔！」

媽媽說：「以前就有了，我小時候更多。」

宇凡問外公：「阿公，你不反對燕子在屋簷下築窩嗎？」

「為什麼要反對呢？」阿公笑著說：「我們有這麼好的房子住，燕子只是借住一個小角落，有什麼關係？」

「阿公，你怕不怕燕子會屙大便？」

「燕子那麼小，能屙多少大便？我養的牛一次屙一大坨大便，我都不怕。」阿公一點也不在意的說。

「阿公，如果我要養小鳥，那會不會太過分？」

「不會！不會！」外公猛搖著手說：「養小鳥也不是壞事。」

「可是我爸……」宇凡正想向外公求救，可是話還沒說完，就被一陣嘻嘻哈哈的小孩子的笑鬧聲給打住了。緊接著，隔壁家兩個大約小二年紀的小男生，一前一後的衝進屋子裡來，跑到宇凡身邊。宇凡認識他們，個子高一點的是阿政，稍矮的叫阿逵。宇凡看玩伴來了，高興的問他們在笑什麼？

「宇凡，我跟你說，」阿政一邊指著阿逵的褲子，一邊壓低聲音，表情詭異的笑著對宇凡說：「阿逵那邊有小鳥喔！」

阿逵雙手提著短褲頭，衝著宇凡笑得神祕兮兮的。宇凡很仔細看著阿逵的褲子，一時搞不清楚，阿政爲什麼要這樣煞有介事的告訴他「阿逵那邊有小鳥」？阿逵「那邊有小鳥」又有什麼好大驚小怪的？男生「那邊」不都有「小鳥」的嗎？宇凡愣愣看著阿逵的「那邊」，有如丈二和尚摸不著頭腦。

看到宇凡這樣的反應，阿政再次指著阿逵的褲子，肯定的告訴宇凡：「阿逵那邊有小鳥，真的！」

聽阿政「小鳥」、「小鳥」的嚷嚷著，吃飯的大人都轉過頭來看了。爸爸看到阿政稀奇巴拉的述說阿逵那邊有小鳥，也覺得奇怪，他站了起來，走到三位小朋友的身邊，對阿政說：「阿政啊，你真奇怪，阿逵是個男孩子，當然那邊有小鳥，他那邊若是沒有小鳥，他爸媽就煩惱了。」

宇凡點點頭，他心裡也是這麼想的。可是，聽他們這麼說，阿政臉上的笑容不見了，他換上一副十分莫名其妙的表情，看看宇凡爸爸，看看宇凡，說：「阿逵那邊真的有小鳥，有真的小鳥。」爸爸打量了一下阿逵，目光停留在阿逵褲檔那邊。阿逵下意識的用雙手摀住自己的褲檔。

「有真的小鳥嗎？」爸爸問阿逵：「可不可以借我看看？」

阿逵放開摀住褲檔的雙手，從自己右邊的褲袋裡掏出來一隻黑黑、軟軟，全身不停微微顫抖著的小鳥。

「真的是一隻小鳥耶！」宇凡大叫著：「怎麼會在你的褲袋裡呢？」

「這是小燕子，剛剛從燕子窩裡掉下來的時候，碰巧我在那裡，就把牠接起來，救了牠一命。」阿逵雀躍的說。

「可是你差點把牠悶死了。」宇凡說：「捧在手上就好了，爲什麼要放褲袋？」

「本來要讓你猜猜看我褲袋裡有什麼東西的呀！」阿逵得意洋洋的說：「阿政不雞婆的話，肯定你猜不到。」

黑黑、軟軟、小小的身軀，躺在爸爸的大手掌裡顫抖著，翅膀緊緊貼著身體，牠根本就是一隻還沒學飛的燕子寶寶。爸爸靜靜的看著手掌裡的小鳥，起先覺得有點噁心，但想到兒子怎麼爲這小東西那麼著迷，不禁多看兩眼。這麼小的生命，只要他輕輕一捏就會斷氣；不要說捏牠，只要把牠放在地上不管牠，牠就活不成。

每天都在商場奔波的爸爸，很少有時間會用心凝視一個小生命，更少關心到一個小生命在存亡之間的掙扎，這是他第一次感受到生命的無助與脆弱，心中起了不小的感動。

「也許兒子說得對，小動物活得很辛苦。」爸爸心裡想：「小孩子有愛心是好現象，我應該成全他才對啊！」

所有的人都圍過來看爸爸手掌上的小燕子在與生命博鬥，現場一片寧靜。

「但是，我不想向小不點妥協。」爸爸告訴自己：「我被屙到大便他都沒有同情我，還說我是賓拉登……」

好一會兒了，爸爸終於回過神來，他覺得小鳥實在可愛又可憐，老丈人說得對，「養小動物也不是什麼壞事」，自己這麼大的一個人，也不必把那坨大便擱在心上，實在太情緒化了，他念頭一轉「只不過是隻小燕子，也不是什麼大事嘛！何必再跟孩子鬥呢？」他微笑著對三位小朋友說：「我們把牠放回窩裡去吧！」

「好呀！」大家都很開心，阿逵說：「燕子媽媽一定在找牠了。」

三位小朋友跟在宇凡爸爸的背後走出客廳，他們匆匆走出外公家的大院子，轉入隔壁的阿逵家。阿逵家屋簷下有三個燕子窩，三個都聚在一起，彼此相聚不到半尺，像一個小村落呢！牠們那些窩有兩個像碗的形狀，一個像山洞那樣。阿逵指了指其中一個，告訴爸爸那就是這隻小小燕子的家。

爸爸觀察了一下那個燕子窩，對阿逵說：「我需要一個梯子，阿逵，你家的梯子放在哪裡？」

爸爸把小燕子交給宇凡，自己跟著阿逵去拿梯子。

「等我上去站穩了，你再把燕子遞給我。」爸爸對宇凡說。

「好！」宇凡擔心的說：「這隻燕子活得了嗎？牠看起來好像要斷氣了。」

「回到媽媽的身邊，牠就會有力氣了。」阿逵笑瞇瞇的說。

爸爸站在梯子上，偷偷的看著燕子窩裡的小燕子，小燕子是睡著了，沒發現有人來嗎？沒什麼動靜。爸爸伸下手來，接過宇凡遞上的小燕子。就在爸爸把小燕子擱進窩裡的時候，燕子窩裡的五六隻小燕子被驚醒了，抬頭張嘴吱吱喳喳的叫著，互相推擠著。

「啊！」又有一隻燕子掉下來了。爸爸的大手掌當做雲梯車，迅速敏捷的接住往下掉的燕子。爸爸接到燕子，回過頭來俯視著站在梯子下的小朋友，笑得很頑皮，捏了一把汗的小朋友也跟著笑起來，不約而同的拍拍手。

爸爸把他救到的燕子放回窩裡，在梯子上站了片刻，看著小燕子在窩裡緊張兮兮的縮成一團，心裡打了一個冷顫，幸好自己早上沒有動手打掉家裡的燕子窩，否則那些像這麼小的小東西真的很難活命。他很慶幸自己有這個發現，輕聲細語的對窩裡的燕子說：「小心一點，跌下去可不好玩喔！」

爸爸下來後，把梯子搬回屋裡，再過來很用心的觀看那些燕子窩。

「必須有一個安全措失才好。」他看了一會兒，對大家說：「用什麼東西來防止牠們掉下來呢？」

「用網子。」阿逵說：「我看到有人家用網魚的網子，把網子弄到剛好的大小，掛在燕子窩下面。」

「網子？」爸爸想了想，說：「嗯，可以。」

這時，他四周巡視的目光落在阿逵家一輛腳踏車上。那輛腳踏車的手把處掛著一頂舊舊的斗笠。爸爸在打那頂斗笠的主意。小朋友們靜靜的等著爸爸的下一個動作。

「阿逵，你的家人呢？都不在呀？」爸爸問。

「我阿公、阿嬤這個月住我叔叔家，我爸爸媽媽去喝喜酒。」阿逵回答：

「姊姊跟爸媽去喝喜酒，我要和宇凡玩沒跟去，自己在家裡吃午餐。」

「我們可不可以利用這頂舊斗笠來給燕子們做一個安全網呢？」

「可以呀！怎麼做呢？」阿逵很高興的說：「我們家有很多頂斗笠都嘛很破舊了，剛好可以拿來用。」

「很好。另外，我還需要釘子、鐵鎚、鉛線或牛筋線。」爸爸問：「這些東西你們家有嗎？」

「有有，都有，我去拿。」阿逵說著跑了開去。

爸爸再次搬來梯子，取下那頂斗笠，把斗笠最外層的竹葉片拆了下來。

「爸，你爲什麼要把葉片拆下來啊？」宇凡問。

「葉片不拆下來，我們怎麼看得到有沒有燕子掉在裡頭呢？」阿逵搶著回答：「外層的葉片取下來，內層用細竹子編的一格一格的斗笠才像一個網子呀！」

「哦，應該是。」宇凡十分欽佩的對阿逵說：「你怎麼知道？看過人家這樣做，對不對？」

「我沒看過人家這樣做。」阿逵有點得意的說：「用點腦子就想到了。」

他們四個人在那裡忙了大約一個小時，阿逵家屋簷下的「燕子村」底下多了一個很別致的安全網。爸爸很專心的忙著，小朋友在一旁七嘴八舌的提供意見。他在屋簷下的三個邊邊釘上釘子，把牛筋繩綁在斗笠的三個點上，另一端則綁在釘子上，斗笠垂掛在燕子窩下面，距離大約兩尺的地方，看起來十分牢固，再小的燕子掉在裡頭也不會怎樣。

爸爸搬走梯子，站在燕子窩底下，抬頭仰望著受驚擾的燕子們漸漸恢復平靜。

「大功告成了，萬歲！」望著那三個「大斗笠安全網」，小朋友大聲歡呼著。這時，燕子媽媽回來了，但是牠在屋簷外飛了幾圈又飛走了。

「糟糕！」宇凡說：「燕子媽媽會不會認不出這是牠們家呀？」

「不會啦！牠沒那麼笨，牠只是暫時不習慣，等一下就會飛回來的。」阿政說：「牠的孩子在裡面。」

爸爸好像很滿意他的傑作，欣賞了很久，臨走前還得意的對小朋友們說：

「怎麼樣？很棒吧？」

三位小朋友熱情的鼓掌。宇凡一路看著爸爸專心的爲燕子做事，感到很不可思議，爲什麼非要打掉自己家裡的燕子窩不可的爸爸，卻爲另外一家的燕子做這些事呢？是爸爸偏心呢？還是剛剛那個小生命讓爸爸體悟到什麼道理？記得老師說過：「我們會在各個不同的事件裡，體會出各種不同的道理。」是這樣的吧？

在掌聲和小朋友的歡呼聲中，爸爸瀟灑的走出阿逵家。

在外公家玩到天快黑，他們才告別外公、外婆，打道回府。爸爸發動車子時，宇凡想到什麼了，打開車門，衝向外公外婆，要了兩頂舊斗笠，才高高興興的坐上車回家了。

●

回到家，宇凡把兩頂斗笠戴在頭上，興沖沖的跑去找阿嬷。正在廚房的阿嬤看到宇凡戴著兩頂破斗笠回家，好奇的問他：「你怎麼會戴著兩頂破斗笠回家呢？」宇凡摘下斗笠，對阿嬤說：「阿嬤，我們今天到外公家玩，發生一件天大地大的事情喔！」

「什麼事情？天大地大的噢？」

「爸爸幫外公鄰居家的燕子做一個『安全網』喔！」宇凡說：「就是用舊斗笠做的。」

宇凡把在外公阿發生的事一五一十的說給阿嬤聽，阿嬤聽得笑咪咪的。宇凡說：「阿嬤，妳沒想到爸爸會這樣做吧？」

「他想通了吧？人就是這樣，有時候會鑽牛角尖。」阿嬤說：「念頭轉過來就雨過天晴了。」

宇凡點了點頭，心裡想：「爸爸的念頭轉過來了嗎？我得趕快去請他幫我們家的燕子做『安全網』，在他還沒再掉入牛角尖裡之前。」

「爸，」宇凡對正要上樓的阿爸說：「你幫我把這個掛上去，也幫我們家的燕子做兩個『安全網』，好不好？」

聽到「安全網」，爸爸想到他的傑作，精神抖擻起來，但是馬上想到，無意間，他已經跟兒子妥協了呢！下意識的摸摸頭髮，蹙著眉頭，故意用不情願的口氣對宇凡說：「好啦！好啦！改天幫你做，今天累了。」

「一定喔，爸，你可不行騙人！」

「誰要騙你了？」爸爸說：「明天下班後，我們一起做。」

「萬歲！」宇凡高興得跳了起來，爸爸答應幫忙做「安全網」當然就不會再打燕子窩。爸爸終於想通了，這真是天大的好事，宇凡很寶貝的收好兩頂斗笠，又蹦又跳的上樓洗澡去了。

第二天，爸爸下班後，宇凡功課寫好了，他們一起搬梯子，拿了鐵鎚和鋼釘，在家門口的屋簷下敲敲打打的，回巢的燕子媽媽和小燕子們驚慌的手足無措。鄰居也紛紛出來探看，育凱更是愣頭愣腦的想不通這是怎麼一回事？起先他還以為是爸爸在打燕子呢！當他了解事實真相時，驚喜交集的衝著宇凡笑個不停，一雙胖胖的小手比著兩個大大的V字。

路燈亮起來了，宇凡家走廊下出現兩個倒掛著的斗笠。第二天，育凱家門口也掛上兩個斗笠。其他的人家也說要一一跟進，但是他們考慮到大多數燕子寶寶都逐漸長大，都快要學飛了，燕子離開的時節也快到了，他們計畫，等明年燕子回來的季節，他們也會在燕子窩的下方加一道安全網。他們說：「宇凡爸爸的這個發明真不錯。」

「我要設計一種比這個更好的安全措施。」宇凡說。

「我也要設計一個。」育凱說：「我們來比賽看誰設計的比較理想，比較漂亮。」

「好啊！好啊！」宇凡信心十足的說：「誰怕誰？你好好加油吧！」

「是！」育凱也很有把握的回答，又馬上敲敲腦袋說：「不過，也不行弄得奇形怪狀的，到時候燕子都不敢回來了。」

「哈哈哈！」想像一下，當這條街的屋簷下掛滿了各式各樣的安全網，那將會是個什麼樣的景像？他們笑翻了天，樂不可支。

有一隻燕子回來了，牠朝育凱家飛去，當牠看到那兩個怪東西，好像有點遲疑，牠飛了過去，又飛離開，徘徊了好幾次，才朝著牠的窩飛去。宇凡和育凱放心的望著對方笑了。

7.

二哥，我們回家

今天是軒軒她們學校舉行畢業典禮，也就是她最後一次帶二哥上下學的日子。

因爲二哥是「畢業生」，媽媽刻意幫他打扮了一下，頭髮理得短短的，白上衣、藍短褲、球鞋和襪子都很整潔。他們和往常一樣準時來到特教班教室。軒軒幫二哥在白上衣的口袋上，別了一朵紅色的塑膠花，和一張寫著「畢業生」的紅紙條之後，才到自己的教室去。

進入禮堂了，軒軒是五年級學生，坐在「在校生」的區域，視線一直隨著二哥的影子轉，看他坐在位置上、看他有點緊張的東張西望、看他上台領全勤獎的獎品和獎狀……。

軒軒眼睛盯著二哥看，心裡想著二哥的過去，二哥的將來，心裡酸酸的。要不是重度多重智能障礙，讓二哥看起來有點走樣，其實，二哥的相貌比她和大哥漂亮，中等身材又挺又壯，眉毛濃濃的、眼睛大大的、鼻子又高又挺、嘴巴有點大，但大得恰到好處。

上了八年小學特教班的二哥，終於要畢業了，爸媽沒來參加二哥的畢業典禮，是因爲他們也任教於特教班，學校裡有一群跟二哥一樣不幸的學生等著他們照顧，二哥的事，爸媽就由軒軒全權負責了。望著二哥，回憶著這幾年跟二哥一起上下學的往事，軒軒心裡真的是百感交集……。

五年前，軒軒的大哥國小畢業，軒軒要上小學一年級。

「軒軒，」開學前，媽媽對她說：「妳知道二哥不會自己上下學，以前大哥帶他，現在大哥畢業了，剛好妳要上小學，這項工作就移交給妳囉！」

「啊？」軒軒有點驚訝。

當然，聰明機伶的她心裡很清楚，爸媽不能親自接送二哥，過去都是大哥帶著二哥上下學，現在大哥不能帶二哥，由她來帶，這是很自然的事。但是，她真的有點兒緊張，二哥不但腦力不好、視力不好，話也說得含含糊糊的，再勉強也只能擠出幾個單字而已；乖的時候很乖，拗起來的時候，那可是花了「九頭牛加兩隻老虎」的力氣，都不一定擺得平他。

軒軒囁嚅的說：「大哥是大哥，我是妹妹，我才剛幼稚園畢業耶！」

「要有信心，我的乖女兒，二哥一向跟妳最要好，他會服從妳的。」媽媽很誠懇的對她說：「剛開始，早上爸爸或媽媽會騎機車送你們去上學，放學後由妳帶二哥走路回家。等妳有經驗了，二哥就和妳一塊兒上下學。」

「……」軒軒一臉憂鬱的看看媽媽，看看站在一旁的二哥。

「軒，妳堅強一點，幫爸媽這個忙，讓爸媽專心照顧我們的學生，他們都是跟二哥一樣身心有障礙的人。軒，妳善良又有智慧，把二哥交給妳，爸媽很放心，妳做得到的。」

軒軒知道推不掉，也不應該推掉，就不大有把握的說：「我試試看好了。」

軒軒入學了，個子矮矮壯壯、剪了個「西瓜頭」的她，坐在他們班最前面第一個位置。軒軒個子小，但是頭很大，裡面大概裝了很多「腦子」，才一上學，老師就發現她反應快、點子多、個性活潑、說話有條有理、聲音又亮，就讓她當她們班的第一任班長。

「噹！噹！噹！」放學的鐘聲響了。同學們背著書包，排好路隊要回家了。軒軒背著大書包，走過大操場，她要去接二哥回家。

「哥，」離特教班教室還很遠，她就一邊跑一邊喊：「二哥，我們回家。」

特教班的教室在操場的另一端，軒軒跑過種著綠色草坪的操場，朝二哥的教室跑去。十歲的二哥，背著書包站在門口等她。身邊有一位老師陪著。

「老師好，我來帶我哥哥。」軒軒跟老師打招呼。老師點點頭，問她：「妳?可以嗎?」軒軒瀟灑的回答：「沒問題！」老師跟他們擺擺手走了。

「二哥，我們回家。」軒軒稍微喘著氣，伸手去牽二哥。

「家家家！」二哥把手交給軒軒，笑得眼睛瞇瞇的。

軒軒和二哥手牽手，一起往校門口的方向走去。

學校在市區，軒軒家在一公里路外。走到校門口，一些來載孩子的家長，騎著腳踏車的、開著汽車的，都很快的把孩接走了。軒軒拉著二哥的手，慢慢的走。二哥視力不好，看東西都瞇著眼睛，把頭抬得高高的。他抬著頭、瞇著眼睛，乖乖的跟軒軒走，離學校最近的那個紅綠燈就在前面。

小小個子的軒軒，穿著全新的制服，那白上衣又寬又大，吊帶的學生裙，長過膝蓋很多。媽媽大概是擔心她會長得太快，明明人小，制服卻買大號的，讓她看起來很滑稽，也很可愛。還好，那雙卡通球鞋和襪子是合腳的。軒軒把她所有的書都裝到書包裡面了，背上的那個大書包看起來很重，重得拉著軒軒的背往後仰，一個不小心，怕不要跌個四腳朝天了。

他們走到紅綠燈下，剛好亮起了紅燈。

「二哥，是紅燈，停！」軒軒拉住二哥，大聲的喊著。

二哥停下腳步，看了一眼紅燈，想到什麼了，突然焦躁的：「啊！啊！」大叫，轉身指著校門方向，對軒軒說：「哥哥哥哥！」軒軒明白，她想到大哥了。他一定是想起哥哥怎麼沒有一起來。其實，爸爸、媽媽已經跟他講過數十次：「大哥畢業了，以後妹妹帶你回家。」「大哥要上國中了，你要乖乖的跟妹妹回家。」那時候他都有點點頭，一副很明白的樣子。你看，這會兒他都不記得了。軒軒有點無奈，她拉了一下書包的帶子，大聲的對著二哥，一字一字的說:「大—哥—不—來—了—，二—哥—和—軒—軒—走—路—回—家。」

「啊！」二哥大叫一聲，開始跺起腳來了。一邊跺腳一邊繼續嚷著：「哥哥哥！」眉毛、眼睛、鼻子、嘴巴都擠成一塊兒了。

「傷腦筋！」軒軒嘀咕了一聲。

綠燈亮了。

軒軒睜大眼睛對二哥說：「大哥去國中了，我們兩個回家。」

「哥哥哥！」二哥生氣的翻著白眼，瞪了軒一眼，搖晃著身子往回走。

軒軒愣了一下，趕忙追了上去，他們走回校門口。

「哥哥哥哥！」二哥焦急的睜大他視力很微弱的雙眼，四處尋找大哥。校門口已經沒有老師和小朋友的蹤影，校園裡只有高大的樹木和銅像，靜靜的站在那裡。是太陽正猛烈的時刻，二哥一手擦著臉上滾滾而下的汗，一手不停的抓著他的藍色短褲頭，原本紮在褲子裡的白上衣，有一大半被扯到褲子外面來了。

「二哥，我們趕快回家，大哥在家裡等我們呢！」軒軒騙二哥。

「家！家家家！」二哥有點明白似的，盯著妹妹看。

軒軒看哥哥有點「快懂了」的樣子，趕忙補充說明：「我們回家找大哥，大哥會請我們吃冰喔！」軒軒想到二哥喜歡吃冰。

「哥哥哥哥！」二哥還是不十分明白，但他聽到冰很興奮，手舞足蹈的喊著：「冰冰冰冰！」

軒軒從口袋裡掏出一條手帕，擦一擦汗，擦好了，再從二哥的口袋裡掏出一條手帕，塞進二哥的手中，對他說：「你擦擦擦，二哥擦擦臉。」

二哥胡亂的擦了擦臉，把手帕交給軒軒，繼續大聲喊著：「冰！冰！冰！」、「哥哥哥哥！」又是興奮，又是焦躁不安。軒軒拉緊二哥的手，溫和的對他再說一次：「我們趕快回家，大哥在家裡等我們一起吃冰。」

「冰冰冰冰！」終於，二哥只記得冰，忘了「哥哥哥哥！」了，他大聲的又笑又叫。

軒軒成功的轉移了二哥的注意力，她知道不能耽擱時間，必須在他又想到大哥之前，拚命趕路。她拉著二哥的手，邁開腳步急急忙忙的往前走。爲了讓二哥一心嚮往「回家吃冰」，不再想大哥或爲其他事轉念分心，軒軒一邊拉著二哥快步走，一邊搖擺著大頭，氣喘兮兮的唱起歌來了。

「走！走！走走走！我們小手拉小手，走！走！走走走！回家吃冰喔！」

肚子咕嚕嚕大叫起來了，軒軒嚥了一下口水，加快腳步走著唱著，二哥笑嘻嘻的一邊走一邊點著頭。軒軒放下心來了，她很高興自己能及時想到「冰」，現在她可以用「冰」當誘餌，把二哥引回家，回到家就可以吃飯啦！軒軒愈走愈起勁兒，愈唱愈大聲：「走、走、走走走，我們小手拉小手；走、走、走走走，回家吃冰喔！」

路上，好奇的人轉過頭來看他們。

他們又來到第一個十字路口，紅燈亮晃晃的看著他們，軒軒拉著二哥等綠燈。二哥很喜歡看車子，興高采烈的指著滿街跑的車子，嚷著：「車車車車……」軒軒抓緊二哥的手，一邊注視著紅綠燈的變化，一邊和氣的對二哥說：「我看到了。二哥，走路要專心。」

綠燈亮了，軒軒拉著二哥過馬路，朝回家的路上走去。

這是鎮上最熱鬧的一條街，吃午飯的時間，一路上聞到四處飄散的飯菜的香味，每一家自助餐或麵店裡都擠滿了人。軒軒拉著二哥，靠右邊的廊下走。路過速食店、文具店、超市、花店、茶坊，來到一家賣水族箱及賣小魚的店門口，從透明的玻璃外，軒軒看到各式各樣的魚，在水族箱裡游來游去，五顏六色的魚好美麗。軒軒忘了正在用冰引誘二哥回家的事，拉著二哥在水族箱旁邊停下了腳步。

「魚！二哥你看，好美麗的魚。」軒軒指著在水族箱裡游來游去的魚，興奮的嚷著。

然而，二哥對魚好像沒有興趣，他只是靜靜的陪著軒軒停在那兒。

這家店規模不小，裝著魚的水族箱除了擺在櫃子上的之外，擱在地上沒加蓋的也有好幾個。那些水族箱裡面或多或少的都有幾條魚在游著。

軒軒看二哥乖乖的站在她身邊，就放心的踮起腳跟、仰著頭，欣賞起櫃子上一箱箱的金魚來了。她看得著迷了，沒有發現二哥已經蹲到地上去了，他把手伸進一個沒加蓋的小水族箱裡抓魚。

「魚魚魚！」他的手追逐著魚，快樂的喊著。

所有的注意力都被魚所吸引了，軒軒竟然沒有聽到二哥的動靜，她專心的欣賞一條小金魚，正張大嘴巴吐泡泡呢！

「喂！你們在做什麼？」一個兇巴巴的聲音在吼他們。軒軒抬頭一看，是一位阿姨，應該是老闆娘吧？軒軒機伶的走過去，笑咪咪的說：「阿姨，妳們這裡的魚好漂亮，我們看一下就走。」軒軒看那位阿姨的臉冷冷的，趕忙補充著說：「說不定我們會叫媽媽來買。」

「少廢話！」阿姨對軒軒大吼一聲，伸手打了一下二哥的背，對她嚷著：「你這個白癡，幹嘛抓我們的魚？」

她打得很用力，二哥啊了一

聲，嘟著嘴站了起來。軒軒想對阿姨提出抗議，她不該打哥哥，可是哥哥抓人家的魚也不對，她只怪自己沒有注意。軒軒趕緊拉著二哥，說：「二哥，我們回家。」

二哥一動也不動的瞪著打他的阿姨。軒軒用力的把他往外拉。拉出店門站在廊下哄他：「二哥，我們趕快回家，回家找大哥吃冰，再不快點，冰會融化，融化掉就沒得吃了。」

「冰冰冰冰！」聽到「冰」，二哥再次鬆開緊繃著的臉，激動的甩開軒軒的手，頭也不回的自顧自的往前走，軒軒拉了一下肩上的書包帶，追了出去。

他們再次的手牽手，直直的往前走。軒軒心裡盤算著，照他們現在的速度，她有把握再過十幾分鐘，她就能夠把二哥帶回到家。回到家，媽媽一定會誇獎她：「軒軒好棒喔！真的把二哥帶回來了耶！」

經過了書局、金紙店、花店……

「糟糕！」軒軒腳軟了一下。她發現花店再過去竟然是一家「冰店」。

根據她的經驗，剛剛她跟二哥提到吃冰，待會兒看到冰店，二哥一定吵著要吃冰，而且吃不到絕不會罷休，他是不會記得剛剛講的吃冰是「回家之後」的事，通常他只記重點——吃冰，當然，在冰店買冰吃吃也行，問題是軒軒身上沒帶錢。

「怎麼辦？」軒軒急得在原地不停的打轉，這是軒軒的老毛病，她一著急就會變成陀螺。她一直轉一直轉，二哥停下腳步，笑嘻嘻的看著在那兒打轉的妹妹，他大概以爲軒軒在玩。

軒軒轉動著身子，轉動著腦子。

「對了！」軒軒停止她的旋轉，大聲嚷著：「二哥，我們過馬路。」

軒軒說完話，拉著二哥，面向著馬路，大腦袋瓜像鐘擺，一左一右、一左一右的，看看兩邊有沒有來車。

二哥有點莫名其妙，被軒軒強拉著快步走，要橫越馬路，走到馬路中間，不知道想到什麼了，二哥突然使勁兒轉身，換他強拉著軒軒往回跑。

「嘎！」一聲緊急的煞車聲響起，軒軒和哥哥愣在一輛白色轎車的前面，車頭差零點一公分就碰到他們的身子。

「叭！叭！」車裡的人重重的按了兩聲喇叭，軒軒和二哥都嚇了一跳，跳回左邊的騎樓下。

「二哥，你在做什麼啦？差點被撞到。」軒軒不高興的吼著。她的聲音很亮，有路人轉過頭來看。軒軒不好意思的拉了一下書包帶，頑皮的做了一個鬼臉。

二哥知道軒軒在責備他，嘟起了嘴又走出騎樓，這會兒馬路上正塞著車，一部接一部的車子像停擺了的時針和分針，停在馬路上一動也不動。二哥穿進車陣裡，軒軒趕忙追上去。她滿身大汗，書包愈來愈重。

軒軒跟著二哥走，又回到右邊的馬路上，冰店就在前面。

怎麼辦？軒軒又開始轉圈圈，這次她拉著二哥轉，一圈、兩圈、三圈……原來，軒軒企圖攪混二哥的方向感，讓他跟她往相反的方向走，她計畫穿過小巷子，從另外一條馬路回家，軒軒心裡想：「這樣就可以避開那家冰店。」

轉了幾圈，軒軒就拉著二哥往回走，快步的走，一邊走一邊又開始唱：「走、走、走走走，我們小手拉小手；走、走、走走走，回家吃冰囉！」

軒軒肚子餓得快沒力氣了，但她還是賣力的唱著，快步的走到那條巷子口，她就是要從這條小巷子，走到另一條小巷子回家。

「家家家……」二哥可能是感覺不對，他不走那條巷子，他停了下來，轉身往回走。

「二哥，我們走另外一條路。」軒軒大聲的對二哥宣布：「這條路不通，前面在挖路。」

「啊啊啊！」二哥才不管路通不通，皺緊眉頭加快速度的走。

「二哥，」軒軒追過去，二哥又往冰店那個方向走去了。他因爲生氣，所以走得很快，因爲視力不好又要走快，一下子碰到騎樓下停著的機車、腳踏車，一下子又絆到地上的東西。軒軒看得驚心動魄，但二哥像敢死隊，跌跌撞撞的也已經快走到冰店門口了。軒軒心裡祈禱著，但願二哥直接衝過那家冰店。誰知道，二哥不偏不倚的，就停在那家冰店門口，站在那裡吹鬍子、瞪眼睛。

「二哥，」軒軒衝過去，急急忙忙的對他說：「我們來玩一個遊戲。」沒等二哥反應過來，她就迅速的抓住二哥的手臂，猛的一轉，把二哥轉成背向著冰店。再仔細的跟他說：「我們來玩……來玩……玩瞎子摸象的遊戲。」軒軒興致勃勃的對他說：「你把眼睛閉上。」

「……」二哥莫名其妙的瞪著軒軒看，然後把眼睛閉上。

軒軒舒了一口氣，幫二哥把有點歪的書包弄好，拉著二哥的手，歡天喜地的對他說：「注意喔，我要帶你去找大象了，一隻好大好大的大象喔！」

二哥乖乖的閉著眼睛讓軒軒拉著走。軒軒咧著嘴笑，蹦呀！跳呀的拉著二哥，往前走，安全的離開那家冰店了。

「大象！大象！你的鼻子怎麼那麼長……媽媽說鼻子長才漂亮……」軒軒輕鬆的唱著歌，拉著要去摸象的二哥，大步的往前走。再走過一家服飾店、鞋店、童裝店，大象的歌唱了差不多五遍的時候，他們來到另一個十字路口。軒軒想應該讓二哥張開眼睛了。但是，大象呢？軒軒的臉上除了汗水，還充滿了憂慮，這裡哪來的大象啊！

「我擔心什麼呀！」軒軒想：「說不定二哥已經忘了摸象的事兒了。」

「二哥，你可以把眼睛張開了。」軒軒故做輕鬆的說。

二哥聽話的把眼睛張開了。閉上眼睛有一會兒了，二哥好像一時無法適應日光，眼睛眨呀眨呀，眨了老半天。

「怎麼？眼睛不舒服嗎？」軒軒摸摸二哥的眼眶，說：「我牽著你走。」

他們手牽手過了十字路，在車潮最多的路段前進，軒軒牽著二哥，小心翼翼的跨步，她有時候走在前頭拉著二哥走，有時候站在二哥身邊護著他走，有時候走在二哥的背後。

二哥好像真的忘了「摸象」的事兒了，軒軒心裡暗自高興。再幾分鐘就可以到家了。她很疲累，但一想到就要到家了，精神就又抖擻了起來。她想，這個時候到家，上國中的大哥當然不在家，但是，冰箱裡的冰棒在家。她想，只要一到家，她就要先開冰箱，實踐諾言的拿一根冰棒給二哥。有冰棒吃，二哥大概就會忘了軒軒曾經騙他大哥在家的事。

他們走過自助餐店、牛排店、麵包店……麵包店裡傳出來淡淡的，麵包的香味。哇！口水都要流出來了。肚子瘋狂的大叫了幾聲。二哥是不是也聞到香味了？在麵包店門口停住了腳步。

「糟糕！二哥也很喜歡吃麵包。」軒軒嘀咕著，頭皮都發麻了。

「二哥，我們快回家，冰都要融化了！」軒軒說完拉著二哥的手，匆匆忙忙的要往前走。

「包包包包！」聞到麵包的香味，二哥好像把冰拋倒九霄雲外去了，他像一部失去控制的車子，拉著他的「乘客」，衝進麵包店裡面去了。

「做什麼？回家啦！」軒軒雙手握住二哥的手，使勁兒的往外拉。

「包包包包！」二哥把頭伸得長長的，一一嗅著櫃臺上的麵包。

「二哥，我們回家啦！」軒軒用力的拉，但她的力氣沒有麵包大。

「二哥，我們回家！」她大聲吼著，兇巴巴的。

「哥哥哥哥！」二哥不喜歡被兇，哭喪著臉大聲喊著。他大概想起大哥來了。大哥帶他的時候比較溫柔嗎？

軒軒著急了，她站在那兒，轉著她的大腦袋，希望想出下一步該怎麼做？二哥卻趁這個時候，動作很快的從櫃子上拿了一個麵包，笑嘻嘻的就要往嘴裡送了。雖然正在吃飯的店老闆，只是看看他們，並沒有說話，但媽媽說過不可以偷東西的，二哥當然不知道這樣叫做偷，但是軒軒知道呀！她伸手去搶二哥手裡的麵包。

「小妹妹，不要搶哥哥的麵包，那個麵包送給他吃。」老闆溫和的對軒軒說。

「可是，我沒帶錢。」軒軒說。

「沒關係，給他吃。」老闆說著，站起來走到櫃子旁，從櫃子裡拿出一塊麵包，遞給軒軒，對她說：「妳也吃一個。妳這麼小就會帶哥哥，真乖。」

「謝謝伯伯，二哥吃就好，我不餓。」軒軒客氣的說。

「餓了餓了！」老闆把麵包塞進軒軒手裡，催促著她說：「快吃，吃一吃好回家。」

「謝謝伯伯。」軒軒拿著麵包和二哥走出麵包店，站在走廊上，大口大口的把麵包吃完。

街上的小朋友漸漸少了，陽光愈來愈猛，軒軒和二哥身上都是汗水，但是，吃了一塊麵包之後，體力好像增加了不少。

「走，二哥，我們回家！」軒軒精神煥發的拉著二哥邁開大步。

「家家家！」二哥卻漲紅著臉，生氣的喊著：「象象象！」

完了！二哥在這時候想起「摸象」的事了。二哥什麼事都會忘記，爲什麼偏偏沒有忘記「摸象」的事？軒軒感覺快昏倒了。

「誰叫你要去包包包？」她只好胡亂扯了起來：「大象跑掉了。」

「象象象！」二哥氣極敗壞的掉頭往回走了，往學校的方向走。

「哥哥哥哥！」二哥一邊走一邊叫。

「喂！二哥，你要去哪兒？」軒軒追過去。二哥走得很快，像自強號快車喝醉酒了，快速的在他們剛剛走過的路上亂開，連路過冰店都沒有發現。

「二哥，你在做什麼？我們不是要回家吃冰棒嗎？」軒軒嚷著嚷著，忽然覺得自己也很像一根冰棒，一根被融化得差不多了的冰棒。

吃了麵包，「自強號」列車補足了能量，開得更快了。他大步的往前走，閃過行人，差一點碰到腳踏車；閃過汽車，差一點碰到機車。軒軒拚命的追，跟在二哥後面閃這個、閃那個，眼淚在眼眶裡打轉。

他們又走回離學校很近的那個紅綠燈下。

「嗚……」望著一片寧靜的校園，軒軒掉下了眼淚，她很想大哭一場。白上衣都濕了，她低頭看了一下那雙球鞋，球鞋已經不再乾淨了，它好像一張可愛的臉上沾滿了灰塵。

綠燈亮了，二哥快速的過馬路，朝學校方向走去。

軒軒的兩條腿像快洩完氣的車輪，拖著僅剩的一點力氣跟在二哥後面走，臉上汗水、淚水泌泌直流。

「二哥，再回來做什麼啦?!」軒軒生氣了。

二哥是不是發現我沒帶他去摸象，在氣我騙他，不跟我回家了，他在堅持著要大哥帶他回家。

「天啊！饒了我吧！」軒軒覺得自己根本就撐不下去了，這會兒她寧願自己是路邊的一棵樹，樹不用帶二哥回家。

「怎麼辦？」軒軒不得不承認她沒有辦法把二哥帶回家。好不容易才走那麼一段路，現在又回到原點。軒軒雙手拉著書包帶，胡亂的擦了幾下臉上的水，皺著眉頭，快步跟上二哥。

二哥站在校門口，東張西望的瞧著，嘴裡一直喊著：「哥哥哥哥！」

二哥也快哭出來了。

軒軒想是不是該投降了，打電話請爸爸或媽媽來支援吧？她又熱又渴又餓，而，二哥要的是大哥。但是，她又想到，爸爸中午是不回家吃飯的，今天應該也不例外；而，這時候，媽媽正從學校趕著回家做午餐。下午，媽媽還要上班呢！

「再想想辦法吧！」她告訴自己。

但，什麼樣的辦法才是好辦法呢？

「有了！」軒軒想到二哥最怕她哭，她如果不用默默的掉眼淚，而是大喇喇的哭，說不定二哥會順從她喔。然而，軒軒是個開朗樂觀小孩，平時難得有什麼事能惹她掉眼淚，剛剛她是掉了一些眼淚，但是要拉開嗓門哭，她也不喜歡，雖然現在她真的有要大哭一場的感覺，可是，她真的不想那樣啦！那也一定會被爸媽及大哥笑的。

怎麼辦？總不能在這裡耗著呀！媽媽遲遲的看不到他們回家，一定會著急的。

耶！有了。軒軒想到辦法了：爲什麼不如此這般？

軒軒站在二哥面前，咿咿嗚嗚的假裝哭了起來，一邊哭一邊不停的拿手帕擦汗，二哥當然不會想明白她是在擦眼淚還是擦汗，他真的開始著急了。

「二哥好壞，不跟軒軒回家！」她很努力的哭著，拚命的擦臉。

二哥看軒軒哭，拗著的脾氣漸漸的軟化了，他伸手去拉軒軒的手，很認真的往回家的路上走。軒軒嘴裡咿咿嗚嗚的哭著，心裡嘩啦啦的笑著，她好開心，二哥果真上當了，這一次一定要好好的把他哭回家。

二哥拉著咿咿嗚嗚哭著的軒軒，走過紅綠燈，路過超市門口的時候，他們不小心踩到電動門的踏板。電動門開了，裡面的冷氣吹了一些出來。

「呼！好涼啊！」軒軒忘了自己是個正在哭著的人，快樂的大叫了起來。

二哥看軒軒不哭了，立刻放掉拉著軒軒的手，跑進門裡去了。門裡好涼啊！二哥又跑了出來，把還愣在那邊的軒軒拉了進去。

他們站在門邊的冷氣口吹冷氣，軒軒讓冷氣直直的撲向她的臉，她把書包解了下來，讓自己的背部也吹吹冷風，二哥也學軒軒，把書包解下來放在地上，他們陶醉在冷風裡了。

超市的人不少，收銀員忙著敲打收銀機、點貨、收錢，這是一家空間挺大的超市。

「二哥，」吹了一會兒冷氣，軒軒對二哥說：「我們該回家了，回家吃冰。」

「冰冰冰！」聽到冰，二哥興奮了起來。

二哥嘴裡喊著：「冰冰冰！」同時跑了開去，四處找了起來，用迫不及待的聲音大叫：「冰冰冰！」

「糟糕！」軒軒狠狠的敲了一下自己的腦袋，惱怒的說：「繼續哭不就好了？爲什麼要在這裡提到冰啊！超市有賣冰，我們家的冰都是這裡買的，有幾次還是媽媽帶我們來買的，這是二哥可以理解跟記憶的，二哥無法理解的是小妹我沒有錢。完了！」

「二哥，」軒軒跑上去跟哥哥說：「冰在我們家冰箱裡呀！我們趕快回家，回家開冰箱就可以吃到冰了呀！」

軒軒的話剛說完，兩個上幼稚園那般年紀的小朋友，手裡拿著幾枝冰棒，朝收銀的地方走去。

「冰冰冰！」二哥像獵狗看到獵物那樣，撒腿就去追那兩位小朋友。兩位小朋友嚇得哇哇大叫。

「噢！」軒軒不大哭一場真的不行了，但是，她必須先去追二哥，否則那兩位小孩怕要被嚇壞了。

「冰冰冰！」二哥追著那兩個小孩，軒軒追著二哥，寬闊的超市變成運動場了。

「二哥，我們回家，冰在我們家裡。」

「你們在做什麼？」他們隨著小朋友跑到人家媽媽那邊集合了。那是一位看起來很慈祥的阿姨。她輕輕的推開緊抱著她的小孩，對他們說：「是一位哥哥和一位姊姊，你們怕什麼呢？」

小孩。

「媽媽，他是白癡耶，什麼哥哥！」那兩位小朋友一臉嫌惡的說。

「什麼白癡？不要亂講話！」阿姨看了軒軒和二哥一眼，溫和的斥責她的小孩。

軒軒拉二哥過來，對他說：「二哥，那不是我們的冰，我們的冰在家裡，快融化了，我們趕快回去。」

二哥不再吵了，他靜靜的站在軒軒身邊，問題是他的眼睛並沒有離開小朋友手中的冰棒。阿姨微笑著看著他們。

「阿姨，我哥哥頭腦不好，可是他心地很好，不會傷害人。」軒軒笑咪咪的對阿姨說：「對不起，我沒把他看好，嚇到妳的孩子了。」

「沒有！沒有！」阿姨不好意思的對她的孩子們說：「哥哥頭腦不好，你們頭腦好，那你們要懂得照顧哥哥才對，不可以看不起他呀！」

兩位小朋友還是怯怯的，但慎重的點了點頭。

「小妹妹，妳還這麼小就會照顧哥哥，真能幹。」阿姨對軒軒說。

「嘻嘻！」軒軒不好意思的笑著。阿姨看了一下軒軒，對他們說：「來，阿姨去結帳，阿姨付完錢，請妳和哥哥吃冰。」阿姨說著，帶著他們去結帳，帶著他們走到門口。

「來，吃冰棒，一人一枝。」阿姨和藹可親的把冰棒先給二哥，再給軒軒和她的兩個孩子。

「阿姨，不用啦！我們回家就可以吃冰了，我們家冰箱裡有很多冰棒呢！」軒軒推辭，雖然她實在很想在這個時候有一枝冰棒可以解渴。

「冰冰冰！」二哥卻毫不客氣的接過冰棒，很快的撕去包裝紙。

「妳吃沒關係，阿姨說過要請客的。」阿姨說：「大家一起吃。」

軒軒說：「二哥吃就好，我不喜歡吃冰棒。」

「吃啦！吃啦！不用客氣。」阿姨說：「看妳熱得臉蛋兒紅通通的。」

看阿姨那麼誠懇，軒軒也就接過冰棒了。和阿姨一家人道謝之後，軒軒就拉著二哥跟阿姨他們說再見，趕快走出超市的大門。

「走，二哥，我們回家。」爲了怕又帶不動二哥，軒軒決定不在超市裡面吹冷氣吃冰棒，她想她必須用冰棒引誘二哥回家，這比用哭的好太多了。

她告訴二哥：「我們一邊走一邊吃。」軒軒當然記得媽媽說過不能一邊走路一邊吃東西，但她得用這個方式把二哥引回家，沒辦法。手上拿著冰棒的二哥，心情好極了，歡天喜地的舔著冰棒，任由軒軒拉著他走路。

吃完冰棒，二哥心情愉快，就乖乖的隨軒軒走路回家了。回到家，媽媽在廚房做菜，聽到他們回來，趕快過來迎接他們。

「軒軒，妳把二哥帶回來了，好棒呀！」媽媽高興的說：「一路走一路玩對不對？走這麼久，媽正想出去看看呢！」

「一路走一路玩？」軒軒好驚訝，媽媽怎麼會講這種話？她又不是不知道二哥。當然，軒軒很快就明白了，媽媽是開玩笑的。軒軒想把一路上發生的事情都說給媽媽聽，讓媽媽知道她有多辛苦。但她想了想，只說了麵包店老闆請他們吃麵包，和超市遇到的阿姨請他們吃冰這兩件事，其他的都吞下肚去了。輕描淡寫的說了這兩件事，軒軒就上樓沖澡換衣服去了。

這是五年前，軒軒第一次帶二哥回家的情形，往事歷歷如在眼前呢！「一路走一路玩」嗎？一轉眼，他們玩了整整五年。畢業典禮結束了，軒軒跑過去跟二哥握握手，對他說：「恭喜二哥畢業了！」二哥笑得很開心，把手中的獎品遞給軒軒。軒軒看看獎品，把它交還二哥，對他說：「我知道這是你的獎品，二哥真棒，有獎品。」

「妳妳妳妳！」二哥再把獎品遞給軒軒，一臉誠懇的說：「給給給……軒軒軒軒！」

給軒軒？二哥是說獎品要給軒軒呢！

軒軒緊緊的握住那個獎品，眼淚嘩啦啦的滾了下來。和二哥「玩」了五年，雖然愈玩愈有經驗，但還是經常會有讓她想大哭一場的狀況發生，可是除了第一次之外，她就不曾再讓眼淚掉下來，這會兒，她很想、很想抱著二哥痛哭一場。

然而，軒軒不想讓二哥看到她哭，看到軒軒哭，二哥會很慌張。軒軒趕忙擦乾眼淚，抱著那個獎品，咧著嘴笑，笑著拉緊二哥的手，緊緊的拉著二哥的手，哽噎的對他說：「走！二哥，我們回家！」

附錄：

陳瑞璧少兒文學著作一覽表

書名	出版社	出版日期
吃煩惱的巫婆	彰化縣立文化中心	一九九五年六月
下頭伯	台灣省政府教育廳	一九九七年十月
兩隻小豬	富春文化事業股份有限公司	一九九九年二月
阿公放蛇	九歌出版社有限公司	一九九九年七月
姨婆的「蛋」	民生報社	二○○○年四月
牛埔頭牛	富春文化事業股份有限公司	二○○○年五月
二哥，我們回家	教育部兒童讀物出版資金管理委員會	二○○○年六月

阿妮萬歲　小魯文化事業股份有限公司　二〇〇一年七月
親愛的奶娃　教育部兒童讀物出版資金管理委員會　二〇〇一年十二月
好大的月亮　彰化縣文化局　二〇〇二年九月
搶救燕子窩　行政院農業委員會　二〇〇二年十二月
我家有個燕子窩——陳瑞璧精選集　九歌出版社有限公司　二〇一〇年七月

新世紀少兒文學家④

我家有個燕子窩
陳瑞璧精選集

著　　者：陳瑞璧
插　　畫：Kai
主　　編：林文寶
執行編輯：鍾欣純
發 行 人：蔡文甫
發 行 所：九歌出版社有限公司
台北市八德路3段12巷57弄40號
電　話／02-25776564・傳眞／02-25789205
郵政劃撥／0112295-1
九歌文學網：www.chiuko.com.tw
登 記 證：行政院新聞局局版台業字第1738號
印 刷 所：晨捷印製股份有限公司
法律顧問：龍躍天律師・蕭雄淋律師・董安丹律師
初　　版：2010（民國99）年7月10日

定　價：250元

ISBN：978-957-444-700-8
書　號：AE004
Printed in Taiwan

國家圖書館出版品預行編目資料

我家有個燕子窩 ：陳瑞璧精選集／陳瑞璧著 ；Kai 圖．
— 初版．— 臺北市：九歌，民99.07
面； 公分．—（新世紀少兒文學家;4）
ISBN 978-957-444-700-8（平裝）

859.6 99010117

新世紀
少兒文學家

新世紀
少兒文學家

新世紀
少兒文學家

新世紀
少兒文學家